Matrimonio por amor

Kim Lawrence

Bianca®

HARLEQUIN®

Editado por HARLEQUIN IBÉRICA, S.A.
Hermosilla, 21
28001 Madrid

© 2006 Kim Lawrence. Todos los derechos reservados.
MATRIMONIO POR AMOR, Nº 1733 - 7.2.07
Título original: The Spaniard's Pregnancy Proposal
Publicada originalmente por Mills & Boon®, Ltd., Londres.

I.S.B.N.: 978-84-671-4583-0
Depósito legal: B-53200-2006
Editor responsable: Luis Pugni
Composición: M.T. Color & Diseño, S.L.
C/. Colquide, 6 - portal 2-3º H, 28230 Las Rozas (Madrid)
Fotomecánica: PREIMPRESIÓN 2000
C/. Algorta, 33. 28019 Madrid
Impresión y encuadernación: LITOGRAFÍA ROSÉS, S.A.
C/. Energía, 11. 08850 Gavá (Barcelona)
Fecha impresion para Argentina: 6.8.07
Distribuidor exclusivo para España: LOGISTA
Distribuidor para México: CODIPLYRSA
Distribuidores para Argentina: interior, BERTRAN, S.A.C. Vélez
Sársfield, 1950. Cap. Fed./ Buenos Aires y Gran Buenos Aires,
VACCARO SÁNCHEZ y Cía, S.A.
Distribuidor para Chile: DISTRIBUIDORA ALFA, S.A.

Capítulo 1

FLEUR Stewart se despertó y, después de unos minutos tumbada escuchando el trino de los pájaros, se obligó a abrir los ojos. Bostezando, echó un vistazo al reloj de la mesilla. Eran las ocho y media.

Era, además, su cumpleaños. Tenía veinticinco años, todo un cuarto de siglo. Resistió la tentación de preguntarse qué había hecho en esos veinticinco años de vida, pues eso la llevaría a preguntarse qué iba a hacer en los próximos veinticinco.

Y no lo sabía.

No estaba haciendo plan alguno. Sencillamente, se dejaba llevar. Porque la vida, reflexionó mientras tiraba del edredón hacia arriba y se arrebujaba debajo, casi nunca salía como uno esperaba.

Lo único que había deseado hacer era actuar. El sueño había nacido el día que sus padres la llevaron a ver una representación matinal en el West End cuando tenía ocho años. Y había muerto antes de terminar el segundo semestre en la escuela de arte dramático. Para ser exactos, el día que la fastidió durante una audición que todo el mundo creía sería suya, pero se dieron cuenta de que lo único que había entre ella y una fulgurante carrera como actriz era una absoluta falta de talento.

Al día siguiente, y todavía en un estado de autocompasión y abatimiento, había conocido a Adam Moore, un estudiante de derecho en el último año de carrera. El guapo de Adam se había mostrado muy comprensivo con ella cuando ésta le contó, tras la segunda copa de vino, todas sus dudas. Como un espíritu afín, al momento comprendió su aflicción: ¿para qué seguir en la escuela de arte dramático si sólo podrías ser mediocre?

Algo mucho más amable que «Te hace falta una piel más gruesa» como le habían dicho sus amigos, que no se habían tomado su crisis de confianza en serio.

Adam le había dicho que una chica con cerebro podía hacer mucho más que actuar, y ella, halagada, lo había creído. O al menos se había convencido de creerlo. Aunque en lo más profundo, Fleur siempre había sabido que lo que estaba haciendo era elegir el camino más fácil.

Tres meses más tarde, Adam y ella se habían comprometido, y ella era feliz sirviendo mesas. Y si en algún momento se había parado a preguntarse qué estaba haciendo o si era realmente feliz, se había recordado que lo que hacía era sólo una medida temporal. Además, las propinas eran muy buenas, lo que le había venido muy bien a Adam, que así había podido concentrarse en terminar sus estudios sin tener que preocuparse por minucias como pagar el alquiler.

Contemplar ahora la dolorosa ingenuidad de aquella joven Fleur sólo servía para que se despreciara, por lo que trató de no pensar en el pasado. Trató de vivir el presente.

Un presente sorprendentemente bueno.

Después de cuatro años, Adam ya no existía, al igual que tampoco su carrera en los escenarios, pero, afortunadamente, tampoco servía mesas ya.

Adoraba su trabajo como profesora de arte dramático en un centro de educación secundaria local. Sus colegas eran gente decente, se trataba de un trabajo que exigía esfuerzo personal y adoraba la sensación que le producía estar rodeada de gente joven y, en su mayoría, entusiasta. Si alguno de sus alumnos se sentía tentado de tirar la toalla, Fleur le decía que, tal vez no tuvieran todo lo que se requería, pero nunca lo sabrían si no mostraban un poco de arrojo en los momentos difíciles.

Lo mejor de su trabajo era que nadie conocía su historia reciente, por lo que no tenía que aguantar las miradas de compasión ni los comentarios como «Te admiro, has sido muy valiente al continuar así con tu vida».

Pero, por mucho que una disfrutara con su trabajo, era maravilloso que llegara el sábado y poder arrebujarse bajo el edredón un rato más. Ese sábado, cumpleaños o no, el rato no fue muy largo. El sol de finales de agosto que brillaba a través de las delgadas cortinas del dormitorio era demasiado tentador. Le hacía pensar en moras, en pasear al perro que su amiga Jane había adoptado en la perrera y le había encasquetado hacía un mes y las mil cosas que tenía que hacer en el jardín.

Para ser una chica de ciudad, se había adaptado a la vida rural bastante bien.

Fleur estaba aún en pijama cuando sonó el teléfono.

Dejó a un lado una tarjeta de felicitación sin abrir y, tras dar un sorbo del café recién hecho, se acercó descalza a contestar.

–¡Feliz cumpleaños! –sonrió al oír la voz de Jane.

Jane era una fotógrafa de moda, con el pelo cobrizo, la lengua afilada y un entusiasmo por la vida contagioso.

A veces, Fleur deseaba tener la mitad de energía que Jane. Había sido ésta quien la había animado a mudarse de Londres tras el aborto y tras descubrir la infidelidad de Adam, y también había sido Jane la que le había dicho que aceptara el trabajo de profesora cuando lo vieron en el periódico.

—¿Has recibido mi tarjeta?

—Estaba a punto de abrirla.

—Me gustaría estar ahí contigo. Pero la semana próxima iremos por ahí a soltarnos el pelo. Saca tus zapatos más sexys. Tengo planes.

Fleur hizo una mueca. Tenía la horrible sospecha de que los planes de su amiga consistían en azuzarle un montón de miembros del sexo opuesto. El problema con Jane era que ella *creía* que era sutil. ¡Pero era todo lo contrario!

—Por aquí ese tipo de zapatos no se necesitan mucho.

—Me parece algo muy triste —dijo Jane con tono agrio—. Siempre hay sitio en el armario de una chica para unos zapatos sexys. Me enfada pensar que estás malgastando esas piernas —suspiró con envidia—. Mírame a mí; las piernas de un Corgi galés, ¿y acaso me quedo llorando en casa un sábado por la noche? No, yo...

—Vale, vale, capto el mensaje —protestó Fleur—. Haré el esfuerzo.

—¿Tienes planes para esta noche?

Fleur sabía que si admitía que su único plan era quedarse viendo la tele, su amiga le daría una severa reprimenda sobre la necesidad de salir, así es que decidió ser creativa.

—Iré a tomar algo con unos amigos del trabajo —dijo, aunque en el trabajo ni siquiera sabían que era su cumpleaños. Desde su llegada, se había ganado la fama de reservada.

—Eso está bien. ¿Cómo está nuestro perro?

–*Nuestro* perro se está comiendo todos mis muebles. No hay ni una silla que no tenga marcas de dientes. No tienes idea de lo feliz que me hace que pensaras que necesitaba compañía.

Una larga pausa siguió a su mordaz comentario.

–Era una broma… –continuó Fleur. No era propio de Jane no responder a un comentario sarcástico–. Adoro a ese animal.

–No es que me parezca que no lo has superado. Lo has superado. Lo has hecho, ¿verdad?

–Supongo que te refieres a Adam –dijo Fleur tras el monólogo inconexo de su amiga–. Me siento insultada de que lo preguntes, pero, sí, lo he superado por completo.

–Paula está embarazada –dijo Jane, tomando carrerilla–. Adam y ella van a tener un bebé. Lo siento, Fleur –dijo Jane con tono culpable–, no sabía si decírtelo…

Fleur inspiró profundamente mientras se llevaba una mano al estómago.

«¡Un bebé…!».

Inspiró profundamente de nuevo, consciente de que su reacción ante la noticia de que su ex prometido y su nueva esposa iban a ser padres era irracional. Pero reconocerlo no expulsaba la sensación que tenía; le parecía que era aún una traición mayor que el hecho de la infidelidad.

–No, me alegro de que lo hicieras, Jane –dijo Fleur, tratando de parecer segura de sí misma.

–Pensé que Adam te lo habría mencionado…

–Hace meses que no hablo con él –dijo Fleur. No había vuelto a hablar con él desde que se casara con la mujer con la que, ahora, sabía que se había estado acostando mientras ella guardaba cama en el hospital.

Una reacción perfectamente normal, había proclamado con tono beligerante, para un hombre que se había visto obligado a tener que enfrentarse a la paternidad. La implicación, a pesar de ser falsa, de que ella hubiera decidido atraparlo quedándose embarazada, le había dolido y enfurecido profundamente en su momento. ¡Y aun así, por alguna razón, había albergado la absurda idea de que su ex no era un absoluto perdedor!

¿Cómo podría haber sido tan idiota?

—Esa rata de cloaca —dijo Jane, con toda la mala intención—. Son tal para cual.

—Supongo que Adam tiene derecho a vivir.

Con un suspiro, Fleur se retiró el pelo de la cara mientras se preguntaba si estaría celosa, aunque no de Adam y Paula. Hacía mucho tiempo que había reconocido que sus sentimientos por Adam no podrían definirse como amor, no del que dura. Pero tal vez fueran celos por lo que tenían… y que ella nunca tendría. No era en los hombres en quien desconfiaba, sino en su propio juicio.

—¡Después de lo que te hizo! La única vida que tiene derecho a vivir esa rata es una vida llena de sufrimiento y dolor —gritó Jane, que no estaba muy de acuerdo con lo de volver la otra mejilla.

Apartándose el auricular de la oreja, Fleur oyó a Jane que añadía, no sin amargura:

—Ese hombre se metió en la cama, *en tu cama*, con esa mujer mientras tú estabas en el hospital… lo siento, Fleur —añadió nada más decirlo, aparentemente contrita—. Yo y mi enorme bocaza… mi intención no era abrir viejas heridas.

Fleur se apoyó en la pequeña consola y jugueteó con el primer botón del pijama.

—No te preocupes, Jane. Acabaría enterándome algún día —dijo, pensando que algunas heridas nunca sanaban. Y aquélla en cuestión no era tan vieja.

A veces le parecía que había pasado toda una vida y, otras, le parecía que había sido el día anterior, pero en realidad, hacía ya dieciocho meses desde que tuvieran que llevarla a Urgencias a mitad de una difícil gestación.

Jane, que había estado en el hospital con ella, había tratado desesperadamente de contactar con Adam mientras el médico le decía a Fleur con toda seriedad que lo sentía mucho pero que no encontraba el latido del bebé.

–Sí me preocupo. Rompisteis por mi culpa...

–¿Porque los pillaste en la cama?

Al no localizarlo, Jane se había ofrecido a ir a su casa para buscar ropa y algunas cosas, pero se había encontrado mucho más.

–No seas estúpida, Jane. ¿Cómo podría ser culpa tuya? –continuó Fleur.

–Dicen que la tragedia personal acerca a las personas más que nunca... –por su voz, Fleur imaginaba la expresión de culpabilidad en el rostro de Jane–. Si yo sólo...

–Si hubiéramos estado tan unidos, dudo mucho que te lo hubieras encontrado en la cama con otra –la interrumpió Fleur–. Su aventura con Paula comenzó semanas después de mudarnos al piso –y eso no es culpa mía, se dijo con firmeza–. Tú y yo sabemos que la ruptura era inevitable. Si no me hubiera quedado embarazada, creo que habría ocurrido antes –admitió.

Cuando se enteró de que estaba esperando un bebé, Fleur había apartado las crecientes dudas sobre su relación. Tenía que hacer que funcionara por el bebé. Un niño necesitaba a sus dos padres.

–No pensaba decírtelo, de verdad, no después de todo lo que habías sufrido. Iba a esperar a que estuvieras mejor, pero entonces apareció él en el hospital con las estúpidas flores y su gesto preocupado. Tan engreído y pelota como siempre, y encima tuvo la desfachatez de actuar como si nada hubiera ocurrido. Estaba que echaba humo; no pude evitarlo.

–Me alegro de que lo hicieras –dijo Fleur. Claro que, en aquel momento, lo que sintió no fue gratitud. Pero después, había agradecido sinceramente la salida de emergencia que el comportamiento de Jane le había proporcionado.

No volvería a dejar que un hombre le hiciera lo que le había hecho Adam.

Fleur contempló interiormente lo que le haría a aquel que tratara de conseguir su corazón. Ya no era una romántica empedernida. Sus defensas eran absolutamente inexpugnables.

Tenía talento, era rico y guapo. Si tuviera que explicar el secreto de su éxito, Antonio Rochas diría que no había ninguna fórmula mágica; simplemente, no se conformaba con algo que no fuera excelente.

La semana anterior, su rostro había salido en la portada de no menos de tres publicaciones económicas internacionales. Su sola reputación bastaba para poner en marcha todo tipo de tratos.

Su reputación era unánime entre todas las mujeres.

Antonio había sido padre hacía una semana. ¡Y desde luego no estaba siendo un padre excelente!

Si sus colegas se preguntaban por la causa del inusual malhumor mostrado por su carismático y habitualmente ecuánime jefe en la última semana, no lo demostraban en voz alta.

Huw Grant, un importante abogado criminalista y uno de los mejores amigos de Antonio, no se mostró tan comedido.

–No pareces un hombre que acaba de ganar... más bien son ellos los que deberían tener ese aspecto abatido –observó Huw, contemplando desde la intimidad del despacho en la última planta al trío de figuras vestidas de traje oscuro que salían del edificio Rochas–. Los pobres llegaron creyendo que podrían aprovecharse de ti, Antonio...

Lo cual era siempre un fatal error, pensó el hombre, observando las duras líneas del rostro delgado de su amigo. Se le ocurrió, y no era la primera vez, que era infinitamente mejor ser su amigo que su enemigo.

Antonio, sentado y con aspecto reflexivo, se encogió de hombros y se sacudió una invisible mota de su impecable chaqueta.

–No habían hecho los deberes –observó despectivamente.

–¿Pero tú sí...?

Las delgadas líneas de expresión que se formaban a ambos lados de los ojos azul eléctrico de Antonio se hicieron más profundas mientras elevaba las largas pestañas negras, dejando a la vista el vertiginoso ángulo formado por sus pómulos prominentes.

–Yo siempre hago mis deberes, Huw.

Como había hecho recientemente con Charles Finch.

Pero claro, cuando un hombre entraba en tu despacho y te anunciaba con toda la calma del mundo que eras el padre biológico de su hija de trece años se te ocurrían un montón de preguntas que necesitaban respuesta. Ahora tenía la respuesta a muchas de ellas, entre otras, los resultados de los tests de ADN.

Según la información que había recibido en su despacho, lo único que Charles Finch y su difunta esposa habían tenido en común había sido un odio mutuo y el hecho de que habían pasado más tiempo en la cama de otros que en la común.

Los motivos de Miranda para continuar con un matrimonio que no era más que una farsa, habían sido obvias. Como Antonio bien sabía, había sido mujer de gustos caros y grandes aspiraciones sociales.

Los motivos de Charles Finch habían sido menos obvios. ¿Pero por qué no rompía la gente unos matrimonios que no funcionaban, matrimonios que parecían perfectos aunque en realidad era una lucha abierta en vez de una demostración de apoyo y amor?

Era de suponer entonces que ese matrimonio fracasado le habría proporcionado a aquel hombre algo que necesitaba, aunque Antonio no imaginaba qué podría ser.

Huw se apartó de la ventana y lo observó.

—Y esta vez tus deberes se han traducido en unas ganancias por valor de veinte millones. Y siendo despiadado como el demonio y sin escrúpulos.

Los ojos azules de Antonio brillaron, divertidos, unos ojos aún más asombrosos en contraste con el tono bronceado típicamente mediterráneo de su piel.

—¿Piensas que represento la cara fea del capitalismo?

—No es fea —respondió el otro hombre con ironía.

Aunque en palabras de la mujer de Huw, no eran los rasgos perfectos y el cuerpo delgado y atlético de Antonio lo que atraía sin remedio a las mujeres, sino el aura de sensualidad natural que emanaba por cada uno de sus poros.

Claro que ella le había asegurado que a ella no le afectaba en absoluto.

—Pero deberían colgarte un cartel de *peligro público*. Porque vamos a ver, ¿cuándo fue la última vez que alguien se salió con la suya frente a ti, económicamente hablando. Sí, ya sé que no es el dinero en sí lo que te mueve —admitió—. Pero no puedes negar que te divierte ganar.

–¿Y no le ocurre lo mismo a todo el mundo? –preguntó Antonio, enarcando las cejas.

–Bueno, ahora no pareces divertido –le dijo su amigo, francamente.

–Digamos que tengo otras cosas en la cabeza… –Antonio dejó de buscar entre un montón de documentos y miró a su amigo con atención, sacudiendo la cabeza finalmente–. No importa.

–Claro que importa –dijo Huw, cuya curiosidad parecía aumentar conforme veía el inusual comportamiento de Antonio–. Llevas toda la semana comportándote de una forma extraña.

Antonio se reclinó en su asiento y estiró las largas piernas por delante, mientras apoyaba la barbilla en los delgados dedos.

–¿Conoces a Finch…?

–¿El despacho de abogados Finch? ¿Finch el de Finch, Abbott e Ingham?

Antonio asintió.

–Un tipo frío. Tiene una mujer muy elegante, según recuerdo.

–La mujer elegante ha muerto –dijo Antonio–. De cáncer, según me dijo su marido.

Miranda estaba muerta. La idea le parecía imposible.

En su cabeza estaba muy *viva*. La imagen que tenía de ella pertenecía al verano en que se conocieron y se enamoró locamente de ella. La veía reír, echando la cabeza hacia atrás y dejando a la vista su deliciosa garganta. Se había reído mucho, especialmente cuando le dijo que la quería y quería cuidar de ella.

–Qué chico más dulce –le había dicho ella cuando se dio cuenta, finalmente, de que hablaba en serio–. Mira, nos divertimos mucho juntos, pero eso es todo. No lo estropees portándote como un estúpido.

Tras su insistencia, Miranda se había mostrado brutal con él.

–Seamos serios. ¿Qué podría querer una mujer como yo de un camarero pobre como tú? Cuando me case, no lo haré con alguien que sea bueno en la cama, y, querido, tú eres muy bueno. Puedo tener sexo con quien quiera. Cuando me case, lo haré con un hombre que pueda darme la vida que merezco.

Incapaz de interpretar el tono de voz de su amigo, Huw frunció el ceño.

–Pues es una pena. Sólo lo he visto una o dos veces por aquí, como tú. ¿Qué tiene que ver esto con ese tipo?

–Vino a verme el mes pasado. Parece que su hija no es…

–¿No es qué? –preguntó Huw, cada vez más confuso.

–Suya. Es mía.

Capítulo 2

ANTONIO casi sonrió al ver la mala cara de Huw, aumentando su parecido con un Spaniel muy sorprendido. Un parecido que ocultaba el agudo intelecto del abogado criminalista que había inspirado una falsa sensación de seguridad a no pocos adversarios.

–¿*Tuya…?*

Antonio acarició con su largo y oscuro dedo el lomo de un libro que tenía sobre el escritorio.

–Eso parece. Tengo una hija de trece años que cree que soy un monstruo. Le va diciendo a todo el mundo que quiere escucharla que voy a secuestrarla.

–¿*Secuestrarla…?*

–Finch le ha dicho que está teniendo que enfrentarse a una dura batalla legal para recuperarla.

–¡Recuperarla! –exclamó Huw–. ¿Qué batalla legal? ¿Quieres decir que la niña está contigo? ¿Crees que es una buena idea?

Antonio apretó la mandíbula mientras observaba, taciturno, a su amigo.

–No tuve mucho tiempo para considerar las opciones.

–¿A qué te refieres?

–Tras darme la *noticia*, Finch me explicó que Tamara estaba en el coche con una mochila. El resto de sus cosas me las enviarían al día siguiente. Me dejó muy claro, y en privado, que no quiere saber nada de ella.

–¿*Nada…*? –a Huw parecía costarle aceptar la idea.

Un nervio vibró en la firme mandíbula de Antonio, y sus pestañas cayeron hacia abajo ocultando el brillo de rabia que iluminaban sus ojos azules.

–No quiere volver a verla.

–¡Menudo sinvergüenza!

Antonio no podía estar en desacuerdo con aquella afirmación de sorpresa.

–Un sinvergüenza que sabe actuar –dijo Antonio, poniéndose en pie y echando hacia atrás el sillón.

Su amigo lo vio atravesar la sala hacia la ventana y se preguntó, con cierta envidia, lo que se sentiría al poder dominar con tu sola presencia y sin esfuerzo la habitación en la que estuvieras.

–Fue toda una actuación –continuó Antonio, mirando hacia fuera–. Finch se mostró como un padre desconsolado. Al parecer, la ley está de mi lado…

–Eso es discutible.

–Y parece que me desperté una mañana y decidí arrancar a la niña, a quien *al parecer* rechacé cuando era un bebé, del cariño de su hogar.

–¿Eso es lo que cree la niña? No me extraña que le vaya diciendo a la gente que la has raptado. Ese hombre es…

–Basta decir que Finch no tiene un carácter afable y cariñoso. Creo que debió ser uno de esos niños que disfrutaba arrancándole las alas a las mariposas.

–Tendencias sociópatas –dijo Huw con tono experto.

–Si tú lo dices –Antonio no estaba muy interesado en las etiquetas–. Le gusta ver sufrir a la gente.

Huw frunció el ceño, incapaz de creer que su amigo pudiera estar tan calmado como aparentaba. Imaginar cómo una revelación tan alarmante podría sacudir el cómodo mundo en que vivía le provocó un sudor frío.

–Antonio, si ese tipo está buscando venganza y no

le importa hacerle daño a la niña, ¿no crees que su próxima llamada será a la prensa sensacionalista? Sé que no te importa un comino lo que escriban de ti, aunque también pienso que si te mostraras más litigante se lo pensarían dos veces, pero...

—Ya habló el abogado —se burló Antonio—. No te preocupes. No habrá historia.

Huw calibró el rostro de su amigo con el ceño fruncido.

—¿Cómo estás tan seguro?

Antonio asintió. La sonrisa que elevó las comisuras de sus expresivos labios no alcanzó sus ojos. Seguían siendo fríos como el polo.

—Absolutamente seguro. Charles Finch no está en posición de andar tirando piedras.

Huw abrió los ojos desmesuradamente al darse cuenta de lo que quería decir.

—Has encontrado que tiene asuntos sucios, ¿verdad? —debería haber sabido que Antonio ya se habría ocupado de eso. Ese hombre nunca dejaba nada al azar.

—Digamos que nuestro señor Finch ha ido contra el viento, legalmente hablando, en varias ocasiones. He podido observar que ésa es la forma en que se comportan los hombres demasiado avariciosos —comentó con desdén.

—Y él, Finch, sabe que ha cometido esas indiscreciones —sugirió Huw.

—Puede que se lo mencionara —admitió el otro con tono despreocupado.

Huw suspiró, aliviado.

—Bueno, eso es algo. Antonio, espero que no hayas creído a ese tipo… sólo porque conocías a su mujer… —Huw tocó el tema con cautela. Antonio se mostraba notoriamente hermético en lo que se refería a su vida privada.

—Eso fue antes de que fuera su mujer —dijo Antonio con expresión insondable, haciendo girar diestramente un bolígrafo entre los dedos—. Al parecer, llevó durante años un diario personal, muy detallado, a partir del cual Finch descubrió que Tamara no era hija suya.

—Que esté escrito en un diario no quiere decir que sea cierto. Yo también escribía un diario cuando era niño, y era una obra de absoluta ficción. Y puestos a inventar un padre ficticio para tu hijo, quién mejor que el rico y poderoso Antonio Rochas, ¿no te parece?

—Eso fue hace casi catorce años. El rico y poderoso Antonio Rochas no existía. No era más que un estudiante universitario que aprendía a manejar el negocio para agradar a su padre. Trabajaba como camarero en uno de nuestros hoteles.

—¿Ella no sabía que eras el hijo del dueño?

—Aparte del gerente, nadie lo sabía. Además, nada más ver a la niña, *supe* que era mía.

Huw se quedó horrorizado al oír la dura admisión.

—¡Por Dios, Antonio! No puedes confiar en el instinto.

—No temas, no se trató de un simple acto de fe. Finch fue lo suficientemente considerado como para facilitarme el ADN de Tamara. Ya me han hecho los análisis.

—¿Entonces no hay duda…?

Antonio negó con la cabeza.

—Dios. No sé qué haría yo si me ocurriera a mí. ¿Qué vas a hacer?

—Volver a Grange.

—¿Está allí?

—Me pareció menos traumático que arrastrarla a España conmigo.

El hogar en el que su madre inglesa había crecido y donde él había pasado tantas felices vacaciones de niño le había sido otorgado a él a la muerte de su abuelo. Irse allí le había parecido una buena alternativa antes que volver a casa.

—¿Tu madre está allí?

—Mi madre está en su crucero por el mundo —le recordó Antonio—. Se ofreció a volver a casa, pero pensé que sería mejor que pasáramos un tiempo solos —eso había ocurrido ocho días antes. Si en ese momento se lo volviera a ofrecer, Antonio no estaba seguro de que su respuesta al maternal ofrecimiento hubiera sido el mismo.

—¿Hay algo que yo pueda…?

Huw trató de no mostrarse demasiado aliviado cuando Antonio le contestó que no.

La puerta se cerró de golpe. Antonio estaba empezando a sospechar que iba a escuchar muchas veces ese sonido en el futuro.

Tenía que haber una solución a aquel problema, se dijo. La experiencia le había ensañado que *siempre* había una solución. Simplemente, aún no la había encontrado.

—Tú no me quieres igual que yo no te quiero a ti —le había gritado su nueva hija, protagonizando a continuación una teatral salida de la habitación—. ¡Desearías que no existiera! ¿Deseas que no hubiera nacido? Estúpida pregunta. Claro que lo deseas. Ni siquiera eres *inglés*. Y —añadió, mirando con odio su rostro alargado de tono bronceado—, es culpa *tuya* que yo sea tan horrorosamente alta. ¡Tengo tus genes!

—Soy tu padre.

El suave recordatorio precipitó su huida. Con la mano en el pomo de la puerta, se volvió hacia él, los ojos relucientes de lágrimas.

–¡Sólo *biológico*! –comentó despectivamente, haciendo que pareciera el peor insulto del mundo–. ¿Y por qué tienes unos ojos tan azules? Dan miedo... son como los de un lobo con esos anillos oscuros en el iris. Ésta no es mi casa, y si alguien vuelve a llamarme *señorita Rochas*, gritaré. Me apellido Finch. Ni siquiera sé pronunciar Rochas. Lo odio. *Te odio*. ¡Ojalá estuvieras muerto!

A intervalos, fue escuchando el golpe de las distintas puertas.

Bueno, se podía decir que todo iba bien.

Mirando a través de los ventanales de estilo georgiano hacia el césped pulcramente cortado, Tamara corría como la persiguiera el mismo diablo, con el pelo suelto flotado al viento tras de sí.

Antonio sabía que ése era el papel que le habían hecho creer.

Oscurecería en una hora y, aunque el anochecer era uno de sus momentos favoritos para pasear por el bosque, estaba seguro de que una chica de ciudad no disfrutaría con la experiencia.

Al salir, se puso una chaqueta y se metió una linterna en el bolsillo.

Estaba de suerte, bueno, tenía que ocurrir en algún momento; el jardinero la había visto salir en dirección al bosque que se abría por el oeste. Cuando traspasó la escalera que le permitió pasar por encima de la verja, y se adentró en el bosque, las sombras, y también su preocupación, aumentaron.

Llamándola por su nombre y deteniéndose cada poco a escuchar, avanzó hacia el interior del bosque hasta que sus esfuerzos se vieron recompensados con un sonido sospechoso proveniente de unos matorrales a unos metros a su derecha, donde él sabía que había un claro.

–¡Tamara! Esto no tiene sentido. Es...

Antes de que tuviera tiempo a completar su súplica, un perro, posiblemente el animal menos atractivo que había visto en su vida, salió de debajo de los arbustos bloqueándole el paso. Le enseñó los dientes al tiempo que emitía un gruñido feroz.

Antonio miró al perro con más irritación que miedo. Era pequeño y, además, él siempre les había gustado a los animales.

–¡Vete! –dijo con un tono firme pero calmado.

Los animales respondían bien a un tono firme y calmado.

Claro que nadie le había contado a ese perro lo que era un tono firme y calmado. Siguió gruñendo, si cabe con más ferocidad. Ignorando los signos de advertencia, Antonio siguió caminando y, al pasar junto al animal, éste le mordió el tobillo. Antonio bajó la vista completamente atónito y, a continuación, elevó los ojos al cielo y maldijo.

¿Qué más podía ocurrirle?

Estaba a punto de descubrirlo.

Capítulo 3

AQUÍ bonito… ¿Sandy…?

Fleur se golpeó la mano con la correa, esperanzada. En realidad no tenía ninguna esperanza. La luz del día se estaba apagando rápidamente y, con ella, sus esperanzas de encontrar al perro.

Maldijo entre dientes cuando notó que se le enganchaban los vaqueros en una rama. Frunciendo el ceño, separó el brazo de los pinchos de una zarza aún más agresiva y se frotó la sangre que brotaba de los arañazos del antebrazo. Finalmente, dejó el tono dulzón y se puso a gritar.

–¿Dónde estás, estúpido perro? –gritó, pensando que, definitivamente, había tenido cumpleaños mejores.

Una última llamada y se iría a casa… y lo decía en serio. Fleur no fue capaz ni de convencerse a sí misma.

Hundió los hombros aliviada cuando sus gritos se vieron recompensados con el inequívoco sonido de un ladrido. La llamada del excitado canino parecía provenir de la zona boscosa que se elevaba a su izquierda. Tambaleándose un poco sobre el accidentado camino, se dirigió hacia el lugar con la esperanza de que Sandy la estuviera esperando.

No hizo caso a un nuevo cartel de *No pasar. Propiedad privada* –había pasado varios– y entró en la zona boscosa. Una vez allí, se dio cuenta de que era mucho más densa de lo que parecía. La luz apenas se colaba entre la bóveda de hojas que se elevaba sobre su cabeza y no le gustaba caminar sobre la alfombra de hojas que cubría el suelo.

Titubeó un momento, y estaba preguntándose de pronto si Sandy no encontraría el camino de vuelta él solo cuando un agitado ladrido la hizo mascullar entre dientes y, apretando la mandíbula, se adentró en el bosque.

Unos cincuenta metros más adelante, la espesura comenzó a menguar. Al mismo tiempo, se percató de la voz humana a la que ladraba su perro, que hasta el momento no había oído. Era una voz de hombre. Una voz alta y enojada.

Justo lo que le faltaba, pensó ella.

Jadeante, llegó corriendo al claro. La figura humana que le daba la espalda iba vestida con vaqueros y una chaqueta oscura. Era un hombre muy alto, de hombros anchos y largas piernas, con una constitución atlética y esbelta. Llevaba unas botas salpicadas de barro, y la puntera de una de ellas estaba muy cerca del pobre Sandy.

Fleur, con sus instintos protectores alerta, se puso las manos en las caderas antes de dirigirse a él en voz alta.

—¡Aléjese de ese perro ahora mismo!

—¿Que me aleje *yo* de *él*?

A pesar de la irritación, los labios de Antonio dibujaron una irónica sonrisa al tiempo que giraba bruscamente la mirada, desde el perro hacia la joven que le había dirigido la severa orden.

Al girar la cabeza hacia ella, Fleur se quedó sin aliento.

¡Santo Dios!, exclamó. Puede que llevara ropa normal, pero no había nada normal en su rostro. No era de extrañar que los paparazzi lo adoraran. Lo primero que pensó, tras la impresión sufrida al reconocer quién era el hombre, fue que a Jane le gustaría saber que había encontrado a un hombre.

Las comisuras de sus labios temblaron antes de alzarse definitivamente en una media, y un tanto avergonzada, sonrisa.

Una no solía encontrarse con un hombre como aquél por la calle, aunque lo estuviera buscando. Parpadeó asombrada, sintiendo que la sangre se agolpaba en su rostro al notar los penetrantes ojos azules sobre ella.

De haber sabido cuando se despertó esa mañana que iba a conocer a alguien que la dejaría reducida a un manojo de hormonas asilvestradas, ¡se habría quedado en la cama!

Soy una cobarde, decidió, disgustada consigo misma.

En su propia defensa, Fleur tenía que admitir que aquel hombre no era sólo una cara bonita. Era más bien un hombre dueño de un poderoso y salvaje atractivo sexual, distribuido a lo largo de un metro noventa y cinco de esbeltez, que emanaba testosterona por todos y cada uno de los maravillosos poros de su piel.

Dios, era realmente espectacular con aquella piel dorada, unos ojos de un azul eléctrico y mirada profunda, unos magníficos pómulos tan afilados, que podrías cortarte con ellos, y una boca... Fleur se humedeció los labios con nerviosismo mientras dejaba que su vacilante pero fascinada mirada se detuviera en la curva móvil... ¡Dios santo! Aunque apretados en un gesto de impaciente desaprobación, aquellos labios eran sensuales de una manera indecente.

Todo el mundo en el pueblo tenía alguna historia que contar sobre él. Sobre el encantador muchacho que había sido; cómo, a pesar de haber heredado la mansión de su abuelo, no era un hombre ceremonioso, sino que seguía siendo humilde.

Fleur siempre había escuchado todas esas historias con educación mientras pensaba que no podía ser así. La persona que describía la gente del pueblo no se parecía en nada al reputado, carismático y despiadado empresario al que dedicaban tantas columnas en las páginas de sociedad como en las de negocios.

Y, entonces, si era un hombre que se implicaba tanto en todo, ¿cómo era que llevaba casi doce meses viviendo allí y nunca se había encontrado con tan adorable miembro de la localidad?

–¿Este… animal es suyo…?

Si, mientras cantaban alabanzas de su persona, alguien hubiera mencionado sus extraordinarios ojos, tan azules que una se sentía mareada al mirarlos, Fleur habría estado preparada para evitar la humillante experiencia de parecer idiota delante de él.

Al contrario que el animal, Antonio se percató de que su dueña no era poco atractiva. Joven, no aparentaba más de dieciocho o diecinueve, con el pelo rubio, largo y mal cortado –sospechaba que no por una mano experta– que enmarcaba su rostro ovalado. Aunque en la sombra, pudo ver que tenía una boca suave y unos ojos exóticamente rasgados bajo la delicada curva de sus cejas.

Iba vestida con vaqueros y lo que parecían ser varias capas de ropa. Mientras la miraba fijamente, la chica levantó una mano para retirarse un mechón de cabello de los ojos y, con el movimiento, la prenda de punto que llevaba se abrió dejando a la vista una camisa que se ceñía a sus pechos. El inesperado lengüetazo de deseo que le recorrió el cuerpo le recordó que hacía más de dos meses desde su última relación.

–Así es –dijo Fleur con alivio al comprobar que, a

pesar de la ola de calor sexual que le había enfebrecido la piel, su voz, cuando recuperó el habla, sonaba fría y serena–. Ven aquí, Sandy –dijo, chasqueando los dedos–. Buen chico –añadió, con tono persuasivo.

El perro la miró, meneando la cola contra el suelo, y al momento continuó actuando como si fuera una bestia salvaje intercalando sus malévolos gruñidos con algún que otro excitado ladrido.

–¿*Buen chico…?* –Antonio elevó los ojos al cielo mientras se preguntaba en voz alta–: ¿Por qué la gente tiene animales a los que no controla?

Fleur elevó el mentón.

–¿Esa pregunta se dirigía a mí? –le preguntó con actitud fría.

–Es su perro, ¿no es así?

–No levante la voz. Sólo conseguirá asustarlo más aún.

Antonio enarcó las cejas al percibir la agria nota de censura en su voz. Aunque su dueña fuera una pequeña bruja, la verdad era que tenía una voz atractiva; suave, profunda y con una inusual ronquedad muy sexy. No era una voz de adolescente al igual que tampoco lo era su actitud. Posiblemente habría juzgado mal su edad, pero no era extraño porque hacía mucho tiempo que no veía a una mujer sin maquillaje. Probablemente era una suerte haber nacido con una piel perfecta y unas pestañas oscuras. Se asombró a sí mismo preguntándose si su color de pelo sería natural.

Pero eso no lo sabrás nunca, Antonio, se recordó.

–No parece muy asustado –observó con tono irónico.

Fleur, que se había agachado para tratar de atraer a Sandy desde donde estaba, lo miró con los labios apretados desde detrás de la cortina de oscuras pestañas. Se dio cuenta de que las pestañas de él no eran lisas sino espesas, de color negro azabache, largas y rizadas.

–Es *obvio* que no sabe nada de animales.

¿Sabría que tenía una vista perfecta de su escote tal como estaba? ¿Que hasta alcanzaba a ver la orilla bordada de su sujetador?

–Y es *obvio* que usted no sabe leer –espetó él.

Levantó la cabeza y vio por primera vez que sus ojos eran de color ámbar. Vio también que toda ella se sonrojaba violentamente, hasta la raíz del cabello. Hacía mucho que no veía a una mujer sonrojarse de esa manera, si es que había visto a alguna.

–Creo que sabrá que esto es propiedad privada.

–A lo mejor sus perros saben leer… –dijo ella, un brillo rabioso en los ojos mientras se abrochaba un botón más de la camisa con un gesto airado.

–Mis perros responden a las órdenes –dijo él. Era una pena que no pudiera decirse lo mismo de su libido, la cual, en espacio de unos segundos, había entrado en barrena sin control.

¿Ocurriría lo mismo con las mujeres de su vida?, se preguntó Fleur con desdén. Desde luego tenía toda la pinta, decidió mientras estudiaba su arrogante perfil y su despectiva media sonrisa.

–¿Por qué demonios lo lleva suelto?

Buena pregunta, y ella misma se la había estado haciendo desde que Sandy echara a correr detrás de un conejo.

Fleur se puso en pie y se pasó la mano por la cara.

–¿Qué tal si empezamos de nuevo?

–¿De nuevo? ¿Tanto te ha gustado, *querida*?

Fleur ya estaba frunciendo el ceño al oír el tono burlón, pero cuando oyó la expresión cariñosa apretó los labios en señal de absoluta desaprobación. Entonces notó que algo en su interior se soltaba. Esperaba que fuera su temperamento.

—Siento mucho haber entrado en su propiedad sin permiso. No era mi intención y no volverá a ocurrir.

—Hemos tenido muchos problemas con los cazadores furtivos.

Fleur lo miró, exasperada.

—¿Acaso tengo pinta de furtiva? —preguntó, señalándose a sí misma con un dedo.

En realidad, tenía pinta de ser suave y cálida.

—Trato de no formarme un estereotipo. Los furtivos pueden darse en todo tipo de formas —dijo él, pensando que lo mismo ocurría con la tentación. Estaba claro que la alegría de la vida estaba en la variedad.

Antonio no era de los que tenían sexo sin criterio alguno, y hacía mucho que no se había visto en la situación de verse obligado a contener las ganas de besar a una completa extraña. Especialmente cuando el motivo de su encuentro había decidido morderle nuevamente los pantalones. Dirigió su enojo al encontrarse en semejante situación directamente a la causa de su incomodidad.

—He de suponer que todo esto le parece divertido. Bueno, pues yo… —Fleur se detuvo súbitamente y sonrió—. Si me hace el favor de darme a Sandy, abandonaremos su propiedad…

—Sería un placer —dijo él sinceramente. Observó la mano que le extendía. Era pequeña, con las uñas cortas y sin pintar. Sin venir a cuento, se le pasó por la cabeza la idea de llevársela a los labios—. Pero no tengo deseos de perder ninguna parte de mi anatomía.

En realidad era su cordura lo que le preocupaba más en ese momento. Cada vez que miraba la boca de aquella mujer, notaba cómo el autocontrol del que tanta gala hacía disminuía un grado más.

—Dejaré que… —el temblor que le recorrió el cuerpo entero cuando Antonio tomó su mano en la suya fue patente.

Antonio dejó de hablar, y vio que la mujer levantaba los ojos hacia él. Parecía que lo estuviera mirando como sumida en trance. Entonces, la tez blanca enrojeció nuevamente mientras retiraba la mano con un sonido gutural. Se la llevó al pecho jadeante sin poder dejar de mirarlo con ojos desorbitados.

Antonio estaba acostumbrado a que las mujeres lo miraran, pero no como si fuera la personificación del diablo.

Fleur inspiró profundamente y bajó la vista. Estaba absolutamente mortificada. Le gustaría pensar que el hombre no se hubiera dado cuenta de que un ataque de deseo incontenible la había inmovilizado. ¡Y cuánto más pensar que no había ocurrido!

Pero eso era muy difícil porque el calor que su contacto había iniciado aún flotaba en la boca del estómago a la espera de la mínima excusa para estallar en unas embarazosas llamas.

¡Santo Dios, he estado a punto de ponerme a babear!, pensó, saliendo de su autoflagelación al oír el gemido del hombre.

Antonio había olvidado por un momento al perro, pero éste no se había olvidado de él.

Como reflejo al dolor que subió por su pierna al sentir cómo se clavaban en su piel los dientes del can, Antonio estiró la rodilla. El tirón obligó al perro a soltarlo. Si el animal lo había atacado para defender la virtud de su ama, había funcionado. El urgente deseo de enterrar los dedos en su rubio cabello para atraer hacia él su rostro y besarla hasta dejarla sin sentido había pasado.

Fleur dejó escapar un grito de pavor mientras veía cómo el perro se levantaba del suelo.

—¿Por qué no se mete con alguien de su tamaño, patético bruto? —gritó, abalanzándose sobre el animal encogido—. Abusón —dijo con tono de desprecio.

Antonio Rochas, la cabeza ladeada, parecía estar escuchando algo, pero no a ella. Para hacer aún más patente el insulto, levantó una mano con gesto impaciente, y espetó:

—¡Silencio!

Fleur se quedó con la boca abierta. ¡Increíble!

Había llegado a la conclusión de que iba a ignorarla por completo cuando lo vio entornar la vista, fija hasta entonces en algún punto detrás de ella, y la centró en ella.

Sus largas pestañas negras acariciaron los pómulos recortados al bajar la vista, haciendo que Fleur se diera cuenta de que llevaba la camisa aún un poco abierta. Semejante insolencia no hizo sino enfadarla aún más al tiempo que sentía una especie de suave corriente eléctrica.

—¿Y con quién quiere que me meta? —sus expresivos labios se curvaron mientras paseaba la mirada por su ofendida figura—. ¿*Con usted…?*

Solía enfrentarse a la atracción de las mujeres con maestría adquirida. Y desde luego nunca se le había ocurrido pasar de largo los preliminares del sexo, al menos no hasta ese momento.

Fleur observó cómo los labios de él se curvaban en una sonrisa condescendiente, y apretó los dientes. Nunca antes se había cruzado con un hombre cuyo lenguaje corporal gritara con tanta arrogancia varonil.

—No debería juzgar por las apariencias —le aconsejó ella un tanto amenazadora—. ¿Es que no se le ha ocurrido pensar que podría estar asustado?

—¿Asustado…? —repitió él, mirándola como si estuviera loca.

Incorporándose con el animal en brazos, Fleur asintió.

—Sí, asustado —dijo ella, estrujando contra sí el

cuerpecillo tembloroso mientras se quitaba de la cara el pelo con la mano libre. A Adam le gustaba que lo llevara corto, dejando libre la nuca.

No se lo había cortado desde que se separaran.

Antonio arqueó una ceja y se recordó que no estaba allí en busca de un apetecible cuello, aunque el de esa mujer lo llamara a gritos. Había salido en busca de su caprichosa hija.

—Es a mí a quien le ha atacado ferozmente su perro.

—¿Atacado ferozmente? —repitió ella con desdén.

—Dudo mucho que las autoridades compartan su opinión.

La actitud desdeñosa de Fleur se desvaneció. Pasó a mirarlo, horrorizada. Bajo la irónica mirada de Antonio, sintió que el color ascendía por su cuello hasta sus mejillas.

—No puede usted denunciarme —dijo con un hilo de voz.

Pero sí podía. Y lo haría, pensó ella, aborreciéndolo en aquel mismo instante.

—Creo que faltaría a una obligación si no lo hago. Podría atacar a un niño la próxima vez —dijo él, y al verla palidecer se sintió un absoluto sinvergüenza por acosarla de esa manera.

Fleur sacudió la cabeza.

—No, nunca haría algo así. Adora a los niños. Lo que no le gustan son los hombres.

A juzgar por la forma en que lo miraba a él se diría que esa opinión la compartía con su dueña.

—Salió de la perrera. Cuando lo encontraron estaba en muy mal estado. No quiero ni pensar en lo que su anterior dueño le habrá hecho para que tenga tanto miedo de los hombres. Normalmente es un animal muy tranquilo. Si quiere culpar a alguien, cúlpeme a mí. Es culpa mía haberlo dejado sin correa.

Un grito atravesó el silencio que sobrevino a la vacilante explicación de Fleur. Y otro y otro. El sonido de terror le puso los pelos de punta.

Por un momento, se quedó paralizada. No así el hombre. Éste echó a correr con la gracia de un animal salvaje y la coordinación de un atleta que Fleur habría admirado de haber sido una situación más apropiada.

Llegó al lago a tiempo de ver que se sumergía totalmente vestido, asustando a unos gansos que levantaron el vuelo entre graznidos. Asustada y boquiabierta, Fleur lo vio atravesar el agua gris con potentes brazadas. No se percató del bote volcado hasta que llegó a él.

«Dios mío», pensó, horrorizada, «hay alguien debajo».

Antonio se mantenía en el agua sin avanzar, oteando la superficie. Entonces gritó «¡Tamara!» dos veces, tras lo cual tomó aire y desapareció bajo el agua. En aquel punto, el lago era profundo y no se veía nada más que un agua oscura y tenebrosa.

Tras las dos primeras inmersiones salió sin nada. Cerró los ojos y se preparó para sumergirse nuevamente, con gesto de determinación en el rostro.

Fleur se llevó una mano a la boca y ahogó el gemido de terror que escapó del fondo de su garganta seca al ver cómo la oscura cabeza desaparecía una vez más.

Estaba vestido y las ropas debían pesarle una tonelada.

«Dios mío, se va a ahogar. Estoy viendo ahogarse a un hombre. Soy una de esas horribles personas que observan sin hacer nada».

—¡Estúpido hombre! —exclamó. A sus pies, el perro gimoteaba.

«Sal de ahí, sal», movía los labios en silencio sin dejar de mirar la superficie del lago, rogando que saliera.

Pero no salía.

Fleur empezó a brincar, agitada. Nadie podía aguantar la respiración tanto tiempo. Y ella no podía quedarse allí mirando sin hacer nada. Se quitó entonces la chaqueta y los zapatos y se metió en el agua fría.

Capítulo 4

LOS PULMONES le ardían. Antonio casi agradecía el dolor que le recordaba que estaba vivo. Por un momento había creído que perdería el conocimiento antes de llegar a la superficie.

Lo único que lo había ayudado a mantener el aire había sido pensar que si él no lo lograba tampoco lo lograría Tamara.

Jadeó aspirando con ansia el aire, llenando los pulmones privados de oxígeno, manteniendo el equilibrio mientras se quitaba el agua de los ojos. Tocó el rostro frío de Tamara con manos temblorosas. Las pestañas yacían contra las mejillas de una palidez cerúlea.

Rezando como nunca había hecho en toda su vida, le echó la cabeza hacia atrás y empezó a insuflarle oxígeno por la boca… una, dos, tres veces, deteniéndose cada tanto para tomarle el pulso. Sus esfuerzos se vieron recompensados con un suave latido bajo los dedos.

Antonio se puso de espaldas y apoyó el cuerpo de Tamara contra el suyo, tomándola por la barbilla para evitar que le entrara agua en la boca, y en un último esfuerzo, se dirigió hacia la orilla. Había avanzado unos sesenta metros cuando se percató de una presencia a su lado. Era la joven del perro.

–¿Respira?

Él asintió. Con la cabellera flotando en el agua alrededor de su rostro le recordó a una sirena, una sirena preocupada. ¿Las sirenas no cantaban para atraer a los hombres hacia sus dominios? Ésa parecía querer ayudar, sin embargo.

Fleur nadó hasta él.

—Deje que…

Sin decir una palabra, Antonio compartió el peso de Tamara con ella. Juntos nadaron hasta las aguas poco profundas de la orilla, arrastrando a la chica entre los dos. Una vez en la orilla, Antonio tomó en brazos el cuerpo débil de Tamara. Sólo retiró la vista del rostro de su hija para decir, casi sin aliento pero imperativamente:

—Una ambulancia.

Fleur llegó tras él, jadeando.

—La llamé antes...

—Antes de tirarse al agua.

Fleur vio el brillo complacido en los ojos de él mientras la miraba con cálida aprobación. Más tarde tendría que recordarse que no debería querer ningún gesto de aprobación, pero en ese momento había cosas más importantes en las que pensar.

Antonio buscó una zona de hierba y depositó en ella a su hija.

—¿Puedes oírme, Tamara?

En respuesta, la chica se puso de costado y, entre arcadas, vació de agua el estómago. Antonio miraba la escena, sintiéndose impotente cuando la chica empezó a llorar.

—Creo que eso es buena señal —dijo Fleur entre el castañeteo de los dientes, recogiendo la chaqueta que se había quitado antes de tirarse al agua.

Entonces se puso de rodillas al lado de Antonio y, colocando la cabeza de la chica en su regazo, le envolvio el cuerpo tembloroso en la chaqueta. No era mucho, pero era mejor que nada.

—Te pondrás bien —dijo, con la esperanza de que

fuera cierto. En realidad, la chica tenía muy mal aspecto, pero el aterrador tono azulado de los labios había disminuido.

—Tamara —dijo el español con voz áspera—. Mi hija.

—Bonito nombre —dijo Fleur, frotando las manos heladas de la chica con las suyas. O era mucho mayor de lo que parecía o había sido padre muy joven. No había oído nunca en la prensa que estuviera casado, por lo que supuso que la chica sería fruto de una vieja relación.

Él sacudió la cabeza, salpicando todo a su alrededor de gotas plateadas.

—Y yo soy Antonio Rochas… —dijo él, pasándose la mano por el rostro mojado, su expresión más vital de lo que debería para un hombre que acababa de vivir una experiencia cerca de la muerte.

¿De verdad pensaba que no sabía quién era?

—Fleur Stewart.

Lo miró a través de la red que formaban sus pestañas húmedas. Al igual que a ella, temblores intermitentes sacudían el cuerpo de él, algo que se hizo más evidente cuando se quitó la chaqueta empapada.

La camisa y los vaqueros se ceñían a su cuerpo como una segunda piel, al torso y el vientre, delineando su espléndida figura. En su cuerpo esbelto y fibroso no había ni un gramo de grasa. Metro noventa y cinco de puro músculo. Una llamarada de deseo caldeó su cuerpo helado.

Apartando los ojos de semejante espécimen de belleza masculina, Fleur volvió su atención hacia la joven, horrorizada por haberse fijado. El perro gimoteaba a su lado, y ella lo acarició inconscientemente. Entonces, Fleur tuvo una idea.

—Ven aquí, Sandy —dijo, extendiendo la mano hacia el animal.

—¿Qué estás haciendo?

–Eso es. Buen chico –canturreó en señal de aprobación cuando el perro se acurrucó junto a la chica–. Sandy está caliente, y ella está helada. Le ofrecería el calor de mi propio cuerpo, pero no creo que me quede nada en este momento.

–Buen perro –dijo él.

–¡Ten cuidado! –exclamó Fleur sin moverse cuando, para su asombro, el animal que odiaba a los hombres empezó a lamerle los dedos que jugaban con sus orejas–. Animal voluble.

Antonio levantó las comisuras de los labios al oírla pero, al momento arrugó la frente, preocupado por Tamara.

–Tal vez debería llevarla de vuelta a la casa. ¿Diste nuestra localización exacta cuando llamaste a la ambulancia?

–Por supuesto.

Antonio entornó los ojos mientras visualizaba la ruta que seguiría.

–Vendrán por el camino que sale de la casa –predijo, mirando con el ceño fruncido el claro rodeado de árboles–. Deberíamos salir de aquí e ir a su encuentro.

–Tiene sentido –admitió ella, asintiendo. El cambio en su actitud, ahora que tenía un propósito definido, era asombroso.

Era evidente que Antonio Rochas no era el tipo de persona que disfrutaba como espectador de las cosas. Era el tipo de hombre que hacía que las cosas ocurrieran, y le gustaba estar al cargo de cualquier situación… definitivamente, estar a su alrededor no era algo relajante.

Pero debía funcionarle ser así. Ella no había leído una página de economía en su vida, pero le constaba que la gente que sabía del tema hablaba de él con respeto y envidia.

La familia Rochas había dado su nombre a una importante cadena internacional de hoteles, pero tras tomar el relevo del negocio familiar a la muerte de su padre, Antonio Rochas había ampliado el ámbito de la empresa familiar al adquirir una línea aérea y un periódico. Negocios todos ellos de gran éxito en sus manos.

–No quiero… –empezó a decir la chica con tono disgustado al ver que su padre la tomaba en brazos.

–Ahora mismo me importa bien poco lo que quieras, Tamara. Madre mía, ¿cómo se te ha ocurrido subirte a ese bote si no sabes nadar?

–Sí sé… nadar. Se me cayó un remo y estaba tratando de recuperarlo cuando me caí. Pero el fondo estaba lleno de juncos y cosas y se me enganchó una pierna.

–Está asustada. No es necesario mostrase tan brusco –lo regañó Fleur–. Después de una experiencia como ésa...

–Después de una experiencia como ésa –la interrumpió él con actitud inexorable–, espero que haya aprendido la lección. Pero a juzgar por experiencias pasadas, no creo que pueda esperar gran cosa.

–Pobrecita… pero ya estás bien –la consoló Fleur cuando Tamara empezó a sollozar. Se percató por primera vez de las líneas causadas por la tensión que enmarcaban la sensual boca de su padre, y se dio cuenta de que la chica no era la única que había sufrido una mala experiencia.

No tardaron en salir del bosque. El único problema de estar en una zona abierta era que estaban más expuestos a los elementos. La brisa era suave, pero se colaba por la ropa húmeda como una afilada cuchilla.

Pasaron los minutos y Antonio empezó a caminar arriba y abajo, deteniéndose de vez en cuando a observar el camino con gesto impaciente. A Fleur le recordaba a un esbelto felino salvaje enjaulado, un cuerpo tan apuesto que dolía mirarlo.

–¿Dónde están…? –le dirigió una mirada acusadora a Fleur.

–No te preocupes. Llegarán pronto –lo calmó ella, tolerando que le hablara como si ella tuviera la culpa sólo porque la situación era delicada. Estaba preocupado por su hija.

–¡Que no me preocupe! –repitió él–. ¡Es mi hija la que está ahí tirada! ¿Tienes idea de...? –se interrumpió y, metiéndose ambas manos en el pelo mojado, dejó caer la cabeza hacia delante.

Fleur escuchó el sonido de la respiración dificultosa de Antonio y se solidarizó con él.

Frunciendo el ceño, Antonio levantó la cabeza y observó su rostro.

–¿Tiene hijos?

Lo inesperado de la pregunta la hizo ponerse rígida. No pudo evitar darse cuenta de la aguda percepción de aquel hombre, y negó con la cabeza.

–No, no tengo hijos.

Sin tiempo para reflexionar en lo que podía significar la expresión de desconsuelo que le había parecido ver en los enormes ojos de Fleur, Antonio oyó el motor de un vehículo. El alivio se apoderó de él y, un momento después, la ambulancia apareció a la vista.

–Tengo f-frío.

Fleur, que compartía la queja de la chica, vio cómo su padre se arrodillaba a su lado.

–No te preocupes –la tranquilizó, tomándole las manos en las suyas–. Ya está aquí la ambulancia. Te pondrás bien –dijo, y al ponerle la mano en el hombro notó que Tamara retrocedía, acobardada.

El personal de emergencias trabajaba con eficacia y rapidez. Fleur se quedó un poco apartada para dejarles maniobrar. Antonio se colocó a su lado, con expresión grave, mientras observaba cómo colocaban a su hija en una camilla.

Cuando terminaron, uno de los enfermeros hizo ademán de dejarlo entrar en la ambulancia.

–¡No! No quiero que venga –se elevó la voz de la joven con visible agitación–. Hagan que se vaya. No quiero que esté cerca de mí. No es mi padre.

–Soy su padre.

Nadie se lo discutió.

–¡No, él me ha raptado! Quiero irme a casa. ¡Quiero estar con mi padre de verdad!

Un tenso silencio siguió a tan inquietante y desagradable estallido. Fleur vio que el médico dirigía una cauta mirada a Antonio, que permanecía inmóvil con una expresión tan flexible como la de una roca. El hombre intercambió una mirada con su colega. La mirada parecía decir que, si quería subir en la ambulancia, ellos no podrían hacer mucho para impedirlo.

El hombre se aclaró la garganta y le dirigió su sonrisa más diplomática.

–Tal vez sea mejor no… está...

–Lo entiendo –interrumpió Antonio–. Iré en mi coche –dijo él, apartándose de la puerta de la ambulancia con expresión ilegible.

Fleur sintió un escalofrío y se arrebujó en la manta que le había dado el enfermero al llegar. Antonio, los ojos fijos en la distancia, permanecía ajeno al detalle de que ella estaba al borde de la hipotermia. Mucho se temía que se había olvidado de su presencia por completo, lo que a juzgar por los acontecimientos, no le sorprendía.

Se dijo que no era asunto suyo, pero tenía curiosidad. ¿Quién no la tendría…? Pero no podía aguantarlo más. Estaba empezando a dejar de notar los dedos. Se aclaró la garganta antes de hablar.

–Menudo rescate.

Al oírla, Antonio se giró en redondo. Por un momento, su expresión fue ilegible. El atisbo de desamparo en sus ojos resultaba tan extraño en él que Fleur realmente sintió lástima de él, lo cual, teniendo en cuenta que hasta el momento de mirarlo sólo había provocado en ella una profunda antipatía –y otras cosas en las que no iba a pensar ahora– no dejaba de resultar sorprendente.

–Si perdiera todo su dinero, podría ganarse la vida como socorrista.

Él le respondió, entornando sus ojos azul eléctrico.

–Sigues aquí –dijo sin inflexión alguna en la voz.

El espasmo que vio recorrer la poderosa mandíbula le decía que el hombre no estaba tan entero como quería aparentar.

–Supongo que es difícil tener que compartir la custodia.

–No comparto la custodia.

No, simplemente era un borde, pensó Fleur, aunque se recordó que no estaba teniendo un buen día.

–Cuando era niña, y me enfadaba con mis padres, fantaseaba con la idea de que era adoptada.

Antonio giró la cabeza y fijó en ella una mirada azul eléctrico poco amistosa.

–¿Es así como tratas de consolarme? –el irónico desdén de su fría sonrisa la hizo sentir ridícula por preocuparse por él.

–No te preocupes. No volverá a pasar. No es asunto mío que tu hija te odie –dijo Fleur, pensando que, tal vez, si le sonriera más a la chica le fuera mejor.

–No me gusta la gente que se inmiscuye en mis asuntos.

–Entonces tendré que aprender a vivir sin tu amor…; un duro golpe –admitió ella, decidida a mostrarse dura y despreocupada.

Ignorando su sarcasmo, Antonio estudió el rostro de Fleur un momento. Entonces, para sorpresa de ésta, parte de la prepotencia desapareció de su expresión.

—No quiero que entres en mi cabeza, jovencita.

—Créeme, es el último sitio al que querría ir.

Antonio elevó ligeramente las comisuras de los labios en una media sonrisa.

—Pareces estar helada.

«Y tú pareces casi humano».

—Creí que nunca te darías cuenta —dijo Fleur, apretando los dientes que no dejaban de castañetearle—. El color azul es una pista evidente.

—Tengo que ir al hospital a ver a Tamara —dijo él, valorando su estado con la mirada—. Si puedes seguir mi paso, diré a alguien que te dé ropa seca y te acerque a casa después. O si lo prefieres, espera aquí y mandaré que vengan a buscarte con el coche.

—Puedo seguirte. Y él también —dijo ella, mirando al perro que se había acurrucado a sus pies.

Antonio la miró con evidente escepticismo.

—De acuerdo. Pero si no puedes, no voy a esperarte —advirtió él.

Fleur sonrió, pensando que un paseo por el bosque con la ropa empapada fuera el mejor plan de cumpleaños que había tenido en su vida.

—Yo tampoco te esperaré —prometió ella.

No tardó en darse cuenta de que el tipo hablaba en serio al decirle que no estaba dispuesto a hacer concesiones. Casi tenía que correr detrás de él para aguantar su paso. Cinco minutos después, cuando las luces de la casa se hicieron visibles, estaba jadeando. Era la primera vez que la veía, ya que estaba oculta de la carretera principal por un camino de grava privado de kilómetro y medio. Y no era lo que esperaba.

—Pensé que sería más antigua —dijo ella.

–El edificio original databa del siglo quince. Se incendió a principios de siglo. De la casa original sólo quedan las bodegas. El abuelo de mi madre encargó la construcción de esta nueva casa –explicó Antonio, mientras esperaba con evidente impaciencia a que pasara un saliente de piedra.

Fleur se quedó atrás mientras él cubría los últimos metros. Cuando por fin alcanzó la impresionante puerta, Antonio ya subía a la carrera la curvada escalera que dominaba el vestíbulo de entrada.

La confusión se apoderó del lugar. Había luces por todas partes, y Antonio gritaba en dos idiomas mientras la gente corría a refugiarse.

Una mujer de mediana edad la instó a subir la escalera.

–En seguida estoy con usted –le dijo cariñosamente.

Pocos minutos después, Fleur estaba de pie en el pasillo resonante pero cálido cuando apareció Antonio, secándose el cabello oscuro con una toalla. Era obvio que se había vestido a toda prisa; llevaba desabrochado aún el cinturón y la camisa abierta.

Fleur tragó con dificultad, sintiendo la irresistible atracción hacia la piel desnuda de su torso. Se aclaró la garganta al tiempo que apartaba la vista, aunque no lo suficientemente rápido como para evitar el nudo nervioso en su estómago.

Antonio cayó entonces en su presencia y frunció el ceño. Parecía enfadado.

–¿Por qué no se ha ocupado de ti nadie?

–Supongo que están todos ocupados –dijo ella. Ocupados en llevar a cabo el aluvión de instrucciones que había gritado mientras brincaba escaleras arriba como un atleta momentos antes.

–¿Ocupados…? –repitió él, frunciendo el ceño con gesto de disgusto–. Pero es totalmente inaceptable…

—echó un vistazo alrededor del vestíbulo desierto y alzó la voz.

—¡Señora Saunders!

Fantástica proyección. Fantástica voz también si te gustaba el tipo aterciopelado con un fondo de acento extranjero tan sexy y, admitámoslo, ¿a quién no le gustaba algo así? Su inquieta mirada regresó, sin recibir orden alguna, al vientre plano de músculos prominentes salpicado de un oscuro vello. Tragó la llamarada de deseo que le caldeó el centro del cuerpo helado. ¡Un espécimen fantástico todo él!

—¡Señora Saunders!

—Dios mío, me alegro de no trabajar para ti —especialmente si solía pasear por la casa a medio vestir, pensó ella, estudiando la pintura que colgaba de la pared sobre su cabeza.

—En eso estamos totalmente de acuerdo —dijo él, girando la cabeza con una irónica sonrisa.

—Escucha, puedes irte —lo instó, «o al menos ponte algo más de ropa»—. No es necesario que te quedes. Sólo necesito ropa seca y recuperar a mi perro, si es posible —añadió, dirigiendo la vista hacia el animal acurrucado a los pies de Antonio—. Traidor —dijo, sacudiendo la cabeza—. Estoy bien. Espero que tu hija se recupere —agregó Fleur. Con un poco de suerte, su sistema nervioso también se recuperaría en cuanto se alejara de él.

Antonio inclinó la cabeza en respuesta, y ya se estaba dando la vuelta para marcharse cuando se detuvo en seco. Por un motivo inexplicable, algo en el suelo requería toda su atención. Bajo el tono bronceado de su piel, se había puesto pálido.

—¿Qué ocurre?

—¿Que qué ocurre? —preguntó él, mirándola sin poder creerla—. Hay un charco de sangre a tus pies.

Capítulo 5

NO ES un charco –protestó Fleur ante la exageración–. Y es sobre todo agua –añadió, mirando hacia abajo con gesto contrito–. La alfombra se puede limpiar. La limpieza en seco profesional hace milagros.

–¡La alfombra! ¿Qué me importa la alfombra?

–Bueno, no soy ninguna experta –admitió, retirándose del cuello la pesada mata de pelo empapado mientras estudiaba el entramado de la alfombra–, pero me parece una alfombra de Aubusson y…

Antonio apretó los dientes y le puso las manos en los hombros. Notó el contorno de sus huesos y hasta el escalofrío que le recorrió el cuerpo a través del delgado tejido de su camiseta.

–Una palabra más y te estrangulo –dijo él. Besarla, introducir la lengua entre los labios suaves y probar los dulces confines de su boca habría sido un método infalible de hacerla callar. Y mucho más peligroso también. Mucho se temía que, si empezaba a besarla, no podría parar.

Por su parte, Fleur encontraba sus ojos azules curiosamente hipnóticos. Parecía que lo decía en serio.

Satisfecho al ver que le prestaba atención, Antonio continuó hablando con voz ronca que evidenciaba la lucha por no perder la calma.

–Estás herida –por no decir confusa, lo cual podía decirse de los dos, pensó él, observando la exuberante suavidad de su boca.

–Es sólo un rasguño. Ya sabes que la sangre es muy escandalosa, especialmente cuando se mezcla con agua. No es nada.

Los dedos de Antonio se crisparon sobre la piel que cubría la clavícula de Fleur.

–¡Lo sabías!

Fleur hizo un gesto de dolor, y él levantó las manos, mostrando las palmas de frente a ella.

–Lo siento. ¿Te he hecho daño? –añadió, barriendo con la mirada el cuerpo de ella. Cuando sus ojos azules volvieron a mirarla a la cara, había en ellos una especie de confusión inusual en él–. Pareces muy delicada.

La observación emergió de su interior con un tono más bien acusador.

–Soy más fuerte de lo que parece –lo tranquilizó–. Lo cierto es que noté algo cuando estaba en el agua –admitió–, pero al rato me olvidé de ello –añadió.

La exasperación y el temperamento de Antonio alcanzaron el límite.

–Santo Dios. ¿Y por qué no dijiste nada? ¿Eres una mártir o una idiota?

–No soy nada de eso –protestó, indignada–. El agua estaba fría; supongo que tenía el cuerpo aterido y dejé de notar el dolor.

–¡Lo olvidaste! Dame fuerza –rogó, elevando los ojos al cielo–. Estamos perdiendo un tiempo precioso.

–Tienes que ir al hospital.

–Así es. Por eso te agradecería que me respondieras y dejaras de hacerme perder el tiempo.

Fleur suspiró y, aún reticente, hizo un gesto hacia el muslo derecho, con cuidado de no tocar la zona dolorida.

–Bien, quítate esos pantalones y deja que le eche un vistazo.

Fleur se imaginó las manos bronceadas de Antonio

sobre la piel blanca de la cara interna de su muslo, y un lengüetazo de deseo sexual le recorrió el cuerpo. Allí de pie, intentando apartar las imágenes, aún tuvo tiempo de ver que Antonio reemplazaba las manos con los labios, ¡hasta podía sentirlo!

–No voy a quitarme los pantalones –dijo ella, volviendo en sí mientras recordaba qué braguitas se había puesto esa mañana–. Definitivamente no pienso quitarme los pantalones –añadió al recordar que llevaba unas sencillas bragas de algodón de color blanco con florecitas rosas.

–Si no lo haces tú, lo haré yo. Sí –dijo él, sonriendo con malicia ante la expresión de asombro de ella–, puedes estar segura de que lo haré. Ahórrame la falsa modestia –rogó.

–No es necesario, de verdad –dijo ella, consciente de que no le serviría de nada protestar. Si de algo no tenía pinta aquel hombre era de dejarse convencer para no hacer algo que se le hubiera metido en la cabeza.

–Deja que yo decida lo que es necesario, porque si te desangras en mi casa, me harán responsable a mí.

–Así es que lo haces por eso. Y yo que pensaba que te preocupaba lo que pudiera pasarme –comentó ella con todo su sarcasmo–. Relájate, señor Rochas, no eres responsable de mí… y no hay necesidad alguna de maldecir –añadió con gesto de desaprobación.

Antonio fijó su atención en su boca, y pensó otras formas de relajarse. Inspirando profundamente, se llevó la mano a la frente antes de hablar.

–Hasta un santo se pondría a maldecir contigo.

–Algo de lo que nadie te acusaría a ti si es cierto lo que he leído.

–Qué emocionada debes estar –dijo con sarcasmo–. Después de leer algunos emocionantes capítulos de mi vida en las páginas de tan intelectualmente estimulantes publicaciones, ahora tienes la suerte de pasar un día conmigo en persona. ¿Estás pasándolo bien? –preguntó él, elevando una ceja.

–Por extraño que te parezca, no. Y por favor, no me insultes incluyéndome en las hordas de seguidoras que tienes. Admito que he visto tu foto y que he leído alguna cosa sobre tu vida ideal en el dentista o en la peluquería… pero no me pareció ni emocionante ni particularmente interesante –espetó.

–Me sorprende –admitió él.

–¿Que sepa leer?

–Me sorprende que sepas cómo es una peluquería por dentro.

–*Muy gracioso*… supongo que las mujeres que conoces nunca llevan un pelo fuera de su sitio –dijo ella. Excepto cuando les hacía el amor. Horrorizada por la rebeldía de sus pensamientos, Fleur apretó los puños y bajó las pestañas en señal protectora.

Antonio pensó en las mujeres que habían pasado por su vida, todas ellas emperifolladas, elegantes y conocedoras de las normas de comportamiento en cualquier situación.

–No, es cierto –dijo él, y su trémula mirada se posó en la cabeza revuelta de la mujer que lo miraba con un deje de desdén. Sus labios se arquearon en una sonrisa–. Pero ninguna de ellas se lanzaría al agua para rescatar a alguien a quien ni siquiera conocen. No creo que te haya dado las gracias. Fuiste muy valiente.

El inesperado cumplido la tomó por sorpresa.

–Buscaba la recompensa –bromeó ella.

–¿El placer de mi compañía? –sugirió él–. No, no me respondas –se apresuró a decir–. No estoy seguro de que mi ego pueda soportar un nuevo golpe. Te confesaré algo… nunca he tenido tantos problemas para que una mujer se desnudara para mí.

El efecto del tono rasposo de su voz se dejó notar en todas las terminaciones nerviosas de su cuerpo.

—¡No me cuentes los detalles! —suplicó ella con verdadero pavor en la voz. Su portentosa imaginación ya dibujaba bastantes.

Fleur no podía mirarlo a la cara de la vergüenza que sentía…

—Esperemos que tu reputación no sufra un daño irreversible —añadió, revistiendo sus palabras de toda la malicia que pudo.

Pero para su absoluta frustración, el ácido comentario sólo sirvió para hacerle sonreír aún más abiertamente.

—¿Qué problema tienes? —preguntó él, estudiando la testaruda expresión—. ¿Acaso no llevas ropa interior o algo?

Fleur, incapaz de detener el fluir de imágenes eróticas en su mente en las que las mujeres se desnudaban para proporcionarle todo tipo de placer, se sintió mortificada y el rubor pobló sus mejillas.

—¡Pues claro que llevo bragas!

Estaba discutiendo de si llevaba o no ropa interior con Antonio Rochas… ¿habría algo más surrealista?

—Entonces, cuanto antes dejes de comportarte como una niña caprichosa y te quites esos vaqueros, antes podré llegar al hospital para ver a mi hija.

En ese momento, la mujer de mediana edad de antes apareció.

—Siento haber tardado tanto, señorita, pero...

La mujer se detuvo en seco al ver a Antonio.

—¿Ha traído ropa seca, señora Saunders?

—Unas toallas y una bata.

—Es usted muy amable. Creo que la señora Saunders podrá ayudarme a partir de aquí… —dijo Fleur con una sonrisa.

–La señora Saunders tiene cosas más importantes que hacer –dijo Antonio sin alzar la voz–. ¿Podría traerme un poco de esparadrapo y vendas? –Antonio abrió una puerta que había a la derecha de Fleur y, tomando el montón de ropa seca de las manos de la mujer, se volvió a Fleur–. Vamos, no tengo todo el día.

–¿En qué escuela de buenos modales te criaste? –le preguntó ella con toda la dulzura que pudo mientras lo seguía. Desde la puerta, echó un vistazo a la habitación. Estaba decorada con un estilo muy femenino, en tonos malvas, papel pintado en las paredes y una cama con dosel.

–Es de mi hermana –dijo él al verla–. De su etapa malva –añadió con una expresiva mueca–. Ahora, su marido y ella, junto a su camada de hijos, se quedan en una suite del ala oeste de la casa, pero cuando se ha hablado de redecorar esta habitación, le da un ataque de nostalgia.

Fleur siguió mirando mientras él le acercaba una silla.

–Quítate los pantalones y siéntate –ordenó él, apoyado contra la pared con los brazos cruzados, con evidente impaciencia.

Fleur se mordió el labio inferior. Lógicamente, sabía que prolongar la situación y darle más importancia de la que tenía no haría sino dejarla todavía más en ridículo. Pero saberlo no reducía su vacilación. Decidida a aparentar que aquello no era un problema para ella, dejó escapar un suspiro y levantó la barbilla.

Se desabrochó el botón de los vaqueros y se bajó la cremallera con manos temblorosas. Deslizó la prenda hasta el muslo y se quedó allí de pie, sintiéndose terriblemente expuesta y ridícula. Se sentó entonces en la silla y dejó que los pantalones cayeran hasta los tobillos.

–Creía que el secreto del éxito estaba en delegar… –acertó a decir mientras él se arrodillaba junto a ella.

Levantó la cabeza entonces. Estaba tan cerca de ella que podía ver con detalle la raíz de sus pestañas. Estaba claro que, si podía oler el jabón con el que él se había duchado él, podría oler su miedo. Santo Dios, se estaba volviendo loca. No dejaba de repetirse que no había razón para temer a Antonio Rochas.

Y entonces la verdad la golpeó. No era de él de quien tenía miedo. Tenía miedo de lo que la hacía sentir… ¡Tenía miedo de *sentir!*

Desde luego no era el mejor momento para semejante revelación. Giró la cabeza mientras él examinaba la herida. Su actitud era clínica y su contacto meramente objetivo… una objetividad que ella envidiaba.

–Dime si te hago daño.

Fleur dejó escapar un gruñido un tanto evasivo.

–¡Relájate! –le ordenó secamente.

Como si fuera tan fácil, pensó ella, mirándole la negra cabeza. Casi inmediatamente, tuvo que enfrentarse a la desesperada necesidad de introducir los dedos entre los brillantes mechones.

Cerró los ojos e inspiró profundamente para tranquilizarse. Cuanto antes pudiera poner espacio de por medio entre aquel hombre y ella, antes podría volver a su vida normal.

Tras un momento, que a Fleur le pareció una eternidad, Antonio dio su opinión.

–Es profunda.

La herida seguía sangrando, y la zona que rodeaba el corte estaba enrojecida e inflamada. Tenía que dolerle mucho.

–Pero no corro peligro de muerte –dijo ella con una risa nerviosa, haciendo una mueca de dolor cuando notó que sus dedos rozaban la sensible piel de su muslo–. Y ahora, si ya has visto suficiente –dijo, elevando el trasero de la silla para subirse los pantalones. El tejido rozó la zona herida, y Fleur puso una mueca de dolor al tiempo que los ojos se le llenaban de lágrimas.

–Te pondrás a sangrar otra vez, idiota –dijo él, tomándola de la mano.

Todo intento de protesta murió en su lengua mientras Fleur observaba los largos dedos bronceados ceñirse alrededor de los suyos. Se humedeció los labios resecos con la punta de la lengua.

–Además, necesitas ponerte ropa seca –añadió él, bajándole con sumo cuidado los vaqueros hasta los tobillos.

«Lo que necesito es que me dejes sola».

–¿Tienes puesta la vacuna del tétanos?

–Ni idea.

Al admitirlo se ganó una mirada desdeñosa, pero Fleur apenas se dio cuenta. Se removió inquieta en la silla mientras reflexionaba un poco más en el preocupante descubrimiento de que sentir las manos de aquel hombre en su piel aunque fuera con intención clínica la hacía arder de deseo sexual.

–Yo diría que vas a necesitar puntos y antibióticos.

–De eso nada –dijo ella, pensando en que los puntos significaba ver a un médico, y ella odiaba el olor de los hospitales.

–¿Qué tal si dejamos que lo decidan los médicos? –dijo él con tono veteado de impaciencia en ese momento.

–Puede que a las mujeres que frecuentas les guste que las traten con condescendencia, pero a mí no –le dijo con tono ácido–. Hablo serio. No voy a ir al hospital.

La última vez que estuvo en un hospital había perdido a su hijo.

–¿Prefieres morir desangrada o que te quede una cicatriz permanente…? –sugirió.

Fleur inspiró temblorosamente mientras se obligaba a volver al presente.

–No me importan las cicatrices. Me pondré una venda adhesiva.

–¿Y qué me dices de la infección? ¿Tampoco te importa? –preguntó con tono sarcástico–. No creo que esa agua estuviera esterilizada.

Fleur se miró la herida y pareció asombrarle lo que vio.

–Tiene peor aspecto de lo que es en realidad –protesto débilmente.

–Puedes añadir todos los clichés que quieras, pero sigues necesitando algo más que una venda adhesiva.

–Está bien.

–¿Quieres decir con eso que dejarás de mostrar oposición a todo o es una referencia a mi falta de credenciales médicas?

Fleur asintió en silencio.

–Iré… no estoy muy… –apartó los ojos de él– … no me… no me gustan mucho los hospitales.

Antonio la miró con amabilidad, pero se limitó a encogerse de hombros.

–¿Y a quién le gustan?

En ese momento, el ama de llaves regresó con una caja que Fleur supuso contenía los objetos que le había pedido Antonio antes. Hizo una mueca al ver la herida abierta.

–Gracias, señora Saunders. Lo haré yo mismo. ¿Podría decirle a John que traiga el Mercedes a la puerta? Iremos directamente al hospital.

La mujer salió, sonriéndole a Fleur.

–Preferiría que dejaras que lo hiciera ella –dijo Fleur.

–No te preocupes. Sé colocar una venda. Tendré cuidado –prometió.

El problema no era su competencia en lo referente a poner vendas, y lo que más le preocupaba era sospechar que él lo sabía.

–Bien, ya está –dijo, reclinándose en los talones para ver cómo había quedado.

–Gracias –dijo ella, levantándose. Mientras se subía los pantalones, él se dirigió al armario.

–Pruébate esto –sugirió, sacando un cárdigan de cachemir y unos pantalones.

Fleur tomó las prendas.

–Son de mi hermana. No puedes seguir con esa ropa mojada.

Consciente de que la fricción con aquellas prendas húmedas le estaba irritando la piel, Fleur no pudo por menos de darle la razón.

–No encuentro ropa interior, me temo –con los ojos entornados, valoró su cuerpo delgado con gesto despreocupado–. De todos modos, dudo mucho que te valiera algo de Sophia.

Fleur sentía la necesidad de cubrirse con las manos pero, en vez de hacerlo, levantó la barbilla y lo miró en un intento de mostrarse desafiante.

–Supongo que esperas que me dé la vuelta... –observó él un tanto divertido.

–No, espero que me dejes a solas –respondió ella, tratando de dar a sus palabras toda la dignidad que se podía, teniendo en cuenta que parecía una rata ahogada.

No esperaba que fuera a obedecer sus órdenes. Por eso, al verlo salir de la habitación, se sintió tremendamente aliviada.

Capítulo 6

SABES que no me gusta la idea de dejarlo aquí –dijo Fleur, inquieta.

Antonio suspiró profundamente. No habían abandonado aún el camino de entrada de la casa y ya había mencionado al animal tres veces. No podría aguantarlo todo el viaje.

–No le ocurrirá nada –dijo él con tono de fatiga–. He dado instrucciones de que ningún *hombre* se acerque a él.

–Pero...

–¡Nada de peros!

El autocrático comentario la hizo levantar la barbilla.

–Y además, *sabes* que no le pasará nada.

Por lo que a ella se refería, la forma que tenía de quitarle importancia a su preocupación no era más que otra demostración del egocentrismo de aquel hombre.

–Puedes fruncir el ceño todo lo que quieras –dijo él sin apartar la vista de la carretera–, pero sabes que tengo razón. Has creado un problema y te agarras a él simplemente porque no quieres pensar en lo que realmente te preocupa –sus ojos azules se posaron en el rostro de Fleur durante unos segundos–. Supongo que tener fobia a los hospitales no es tan raro.

Fleur aprovechó que Antonio miraba de nuevo a la carretera para estudiar su perfil un tanto alarmada, contenta de que, en aquella ocasión al menos, sus instintos le hubieran fallado. Ni siquiera sabía por qué estaba tan asustada. Antonio no iba a tirársele encima ni nada por el estilo.

Era la posibilidad de *querer* que lo hiciera lo que la aterrorizaba. Se preguntó si su rotunda masculinidad afectaría por igual a todas las mujeres...

—No tengo fobia a los hospitales. Sencillamente no me gustan. Si quieres pasar el rato profundizando en mi psique, tú mismo, pero tengo que decirte que no se te da muy bien.

—Me preocupa más el estado de mi hija que tu torturada psique.

Fleur hizo una mueca, consciente de que se lo tenía bien merecido.

—Claro. Lo siento.

La abierta disculpa hizo que Antonio la mirara, pero no dijo nada. Bajo la caricia de sus ojos azul eléctrico, Fleur extendió el brazo y lo posó en el muslo de él.

—Estoy segura de que se pondrá bien.

Ya era una locura sentir la necesidad de ofrecerle un consuelo que no le había pedido, pero de ahí a ponerle una mano en el muslo...

—Agradezco tu apoyo —observó él con fino sarcasmo—, pero créeme cuando te digo que encuentro el silencio infinitamente preferible.

—Está bien, me parece perfecto —repuso ella—. Sólo trataba de ser... —se mordió el labio—. No diré nada más —pero al ver que Antonio no respondía, rompió el silencio nuevamente—. Mira, hablo mucho cuando estoy nerviosa —miró el perfil engreído de Antonio Rochas y apretó los dientes—. Ni siquiera tienes que escucharme. No me hagas caso.

—Créeme, si pudiera, lo haría. Tu voz es...

—¿Mi voz es qué? ¿Te irrita? ¿Es demasiado estridente, demasiado alta...? —bajó el tono a continuación, y añadió un toque sexy antes de continuar–. ¿Preferirías que me riera por todo o...? –se detuvo, y cerró los ojos–. Tienes razón –dijo, levantando las manos en señal de rendición, dejando que creyera la menos grave de sus preocupaciones–. Creo que tengo fobia a los hospitales.

–Y una voz muy sexy.

Fleur lo miró de refilón con suspicacia.

–Y un pelo horrible –le recordó.

–No dije que fuera horrible –dijo él sin apartar la vista de la carretera, pensando en introducir los dedos en la mata sedosa y brillante, dejar que los mechones cayeran como agua por sus dedos.

–Adam sí lo diría –musitó ella, con una expresión distante en el rostro mientras se retorcía un mechón de pelo inconscientemente–. No le gustaría nada. A él le gustaba corto y bien peinado –y ella había obedecido. Se había cortado el pelo y se había puesto faldas más largas. Había dejado que la tratara como si fuera estúpida delante de sus amigos. Se preguntó en qué la convertía eso.

–¿Quién es Adam? –percibió la rigidez de sus hombros incluso antes de oír la respuesta con una voz desprovista de toda emoción.

–Estuvimos prometidos –dijo ella.

Antonio se fijó en el fino y desnudo dedo anular.

–¿Pasado…?

–Sí, ahora no tengo que pedirle permiso a nadie para cortarme el pelo.

–No pareces el tipo de mujer que pida permiso para hacer nada.

Durante un momento, los ojos sorprendidos de Fleur se encontraron con los de él, pero rápidamente bajó la vista y él volvió a prestar atención a la carretera.

–Así es –respondió finalmente–. Pero lo olvidé durante un tiempo –dijo ella, tragando el nudo que se le había formado en la garganta.

–Ocurre a veces –convino él. Según su experiencia, cuando rascabas un poco la superficie de un tipo obsesionado por el control, te encontrabas con un patético perdedor lleno de inseguridades–. ¿Vivías con ese Adam?

Fleur se preguntó cuánto quedaría para llegar al hospital, y hasta consideró la posibilidad de decirle que se metiera en sus asuntos, pero luego pensó que no importaba. No era ningún secreto.

–Sí. Vivimos juntos casi tres años. Rompimos hace dieciocho meses.

–¡Madre mía! ¿Pero cuántos años tenías cuando te fuiste a vivir con él?

–¿Eso importa? –preguntó ella, poniéndose en guardia–. Tenía veinte… ¿y qué? Podemos ser igualmente estúpidos con treinta que con veinte.

–¿Veinte? –repitió él sin poder creerlo–. Mi hija tendrá veinte años dentro de siete.

Tomar conciencia de ello fue como si le tiraran encima una tonelada de ladrillos.

–Y va a ser una chica rompedora cuando crezca un poco –predijo Fleur–. Te dará muchos problemas antes de cumplir los veinte.

Al pensar en hombres con malas intenciones acercándose a su niñita, los cimientos del que una vez fuera su estable mundo se desestabilizaron aún un poco más.

–No lo creo.

–¿Eres de esos que dicen «sobre mi cadáver»? –se mofó Fleur.

–Creo en la disciplina –contestó él, apretando la mandíbula.

–¿Sabes que la forma más rápida de enviar a una chica a los brazos de un hombre inadecuado es mostrar oposición?

Los ojos fijos en la carretera se entornaron mientras pensaba que la pequeña bruja lo estaba tratando con condescendencia. ¡A él!

–¿Tus padres no dijeron nada cuando te fuiste a vivir con él?

–Yo era muy madura con veinte años… –dijo ella, y sus padres se habían jubilado y habían decidido mudarse a Escocia.

–Y ahora eres una chica muy madura y muy herida de cuántos… ¿veinticuatro?

–Veinticinco. De hecho los he cumplido hoy –giró la cabeza y lo miró con los ojos entornados–. ¡Y no soy una mujer *herida*! ¿O acaso piensas eso de cualquiera que no sea una virgen inocente? ¿Pero en qué siglo vives?

–Hablaba de tu daño emocional.

–Pues no lo hagas, porque no es asunto tuyo –gruñó ella.

–Para que conste, no tengo especial interés en las jóvenes vírgenes.

–Qué madurez emocional la tuya.

–¿Es momento adecuado para desearte feliz cumpleaños? Supongo que no tenías planeado pasarlo así.

–Nadie *planea* un día como el que he tenido hoy. Más bien ha sido de pesadilla.

–Así no lo olvidarás nunca.

«Ni a ti».

–Como la varicela –bajó la vista que no parecía controlar para no mirar continuamente su perfil.

–¿Tenías preparado algo especial? –en realidad quería saber si habría algún hombre esperándola con flores y champán–. Ahora comprendo tu mal genio.

Supongo que debería disculparme por haber estropeado tus planes.

—¡No tengo mal genio! Y… pensaba pasar una tranquila velada en casa.

—¿Sola…?

Fleur se sonrojó, consciente de que corría un grave peligro de parecer una triste perdedora si le contaba sus planes.

—¿Qué es esto? ¿Un interrogatorio? Me estás sacando información de toda mi vida, y yo no sé nada de ti.

—Pensé que después de lo que habías leído en las revistas eras toda una experta.

—Supongo que se les debe haber pasado por alto una o dos cosas —concedió ella—. A menos que de verdad te pases la vida manejando indecentes cantidades de dinero y asistiendo a estrenos de cine.

Y nunca solo, pero se mostraba reticente a sacar a colación sus bellas acompañantes.

—Me gusta pensar que mi vida es mucho más equilibrada que todo eso —dijo él, aunque los miembros femeninos de su familia se lo habrían rebatido. De hecho, a menudo lo hacían—. ¿Qué quieres saber? Pregunta.

Le divertía comprobar que su acompañante no apreciara la extraordinaria invitación que le acababa de hacer. Aún no comprendía qué lo había empujado a hacerla. Ofrecer información particular no era algo que hiciera muy a menudo. Después de un par de incidentes en sus primeros días en el centro de atención de los medios, Antonio había decidido mantenerse alejado de éstos para frustración de todos ellos.

—¿De verdad?

—¿Por qué no? —se encogió de hombros. Tenía la teoría de que mientras la mantuviera enfadada o interesada no pensaría en la inminente llegada al hospital.

–Conociendo tu opinión de los compromisos para toda la vida cuando se es joven, como ahora sé, y te agradezco que los hayas compartido conmigo –dijo con absoluta sinceridad–, me preguntaba cuántos años tenías cuando nació Tamara.

Antonio giró la cabeza y sus ojos se encontraron durante unos segundos. Fleur reconoció el efecto de su pregunta reflejado en su rostro, y se acomodó en el asiento, satisfecha de haber dado en la diana.

–No estoy seguro –dijo él al cabo de un momento.

–¿No estás seguro? El nacimiento de un hijo es algo que la gente no olvida fácilmente –dijo ella con los ojos muy abiertos.

Bajo la luz danzante de las farolas, Fleur vio en él una expresión que no sabría definir.

–Yo no estuve presente.

Fleur no pudo evitar solidarizarse con la madre que dio a luz a solas.

–La madre de Tamara y yo no estábamos juntos cuando ella nació –añadió.

–Pero ahora vive contigo…

–Su madre murió hace poco.

–Lo siento –dijo ella. Le pareció inadecuado, pero no sabía qué decir que no pareciera igualmente tópico.

–Gracias, pero Miranda salió de mi vida hace muchos años. Y, sí, cuando no está huyendo de mí, vive conmigo. Es algo bastante… reciente.

–Supongo que puede ser difícil para los padres que sus hijitas empiecen a crecer –concedió ella.

–Esta situación es diferente.

–Supongo que todos pensamos que es algo diferente cuando nos ocurre a nosotros –dijo Fleur, encogiéndose de hombros.

–Hace una semana que sé que tengo una hija –dijo Antonio sin saber por qué.

–¿Una semana…? –dijo ella, pensando que debía haber oído mal.

–Ocho días para ser exactos –dijo él.

En su vida de adulto, nunca se le había ocurrido buscar un hombro en el que llorar, ni siquiera uno bonito, cuando las cosas se habían puesto feas. Y desde luego, no iba por ahí aireando detalles privados y personales a perfectos extraños.

Hasta ahora.

–¿No mantuviste el contacto con ella?

–Nada –dijo él, notando el tono frío de Fleur. Ya le había dicho demasiado. No pretendía defenderse ahora frente a ella.

Con los labios apretados, Fleur giró la cabeza y miró por la ventana. No sabía por qué se sentía tan decepcionada. Las cosas que había leído de él no sugerían que fuera un hombre de valores familiares. Era un egoísta, hedonista y egocéntrico, características que no definían al mejor de los padres.

–¿Y te sorprende que haya huido? –dijo ella, volviéndole la espalda con gesto de desprecio.

–¿Así es que tengo yo la culpa? ¿Lo de esta noche ha sido culpa mía?

–No es asunto mío.

–Pues eso no te ha importado para expresar tu opinión hasta el momento.

–Vale, simplemente creo que… Ser padre implica mucho más que compartir el ADN. Es un título que tienes que ganarte –se detuvo y miró por la ventana–. Lo siento. No es asunto mío… sólo creo que… estoy segura de que no te importa nada lo que yo crea… ¿Por qué habría de importarte?

Antonio se preguntó entonces por qué. Pensó en todas las mentiras que se habían publicado sobre él, en su indiferencia a la prensa, y se preguntó por qué habría de importarle la opinión de una mujer que no había visto hasta hacía unas horas antes.

–Estás ahí sentada, con tu pinta de engreída y superior a los demás, pensando...

–No sabes lo que estoy pensando –protestó ella.

–¿Eso crees? ¡Prueba esto!

Toda la rabia y la frustración que había sentido a lo largo de la semana afloraron a sus ojos y, sin previo aviso, detuvo el coche a un lado de la carretera y apagó el contacto.

Era un tramo de la carretera sin luces. Fleur se encogió instintivamente en el asiento, y abrió muchos los ojos al oír que Antonio se quitaba el cinturón de seguridad. Apagó las luces del coche y la oscuridad se apoderó de ellos. Una oscuridad espesa.

–Crees que soy un padre egoísta que se ha mantenido siempre ausente pero ahora ha decidido jugar a las familias.

Al ser exactamente lo que pensaba, Fleur guardó silencio.

–Un silencio muy elocuente –continuó él.

Los ojos de Fleur habían empezado a adaptarse a la falta de luz, y ahora podía adivinar el contorno de su rostro. Era grande y amenazador.

–Me estás asustando.

El silencio que siguió a su confesión era espeso y opresivo. Entonces, para su alivio, Antonio encendió un interruptor y una débil luz iluminó el confortable interior.

–Te asustas fácilmente –dijo él, pasándose la mano por el pelo oscuro mientras miraba el rostro pálido de Fleur.

No era culpa suya que la débil luz del coche diera un aspecto siniestro y peligroso a sus rasgos duros, pero lo que sí era culpa suya era haberla asustado tanto.

–No es cierto –dijo ella.

Una mueca que podría haber sugerido arrepentimiento cruzó el rostro de él.

–Lo siento –dijo, apoyando la cabeza contra el reposa-cabezas de piel.

Fleur sospechó que decir «lo siento» no era algo que dijera muy a menudo. Lo observó mientras él miraba por la ventana. Parecía estar inmerso en unos lúgubres pensamientos a juzgar por su expresión.

–No sabía de su existencia hasta hace una semana.

–¿La existencia de quién?

–Tamara –dijo él, girando la cabeza y fijando sus ojos azules en los de ella.

–¿Cómo es que no sabías que tenías una hija?

–Miranda no me dijo que estuviera embarazada. No supe nunca que había tenido una hija. Mi hija y yo somos completos extraños.

Antonio vio cómo los almendrados ojos de Fleur se abrían desmesuradamente, y maldijo entre dientes. ¿Qué tenía aquella mujer que lo instaba a confesar sus detalles más íntimos?

–¿Extraños?

–Eso es… eso es…

Antonio volvió al presente en el que Fleur sacudía la cabeza lentamente.

–¿Eso es lo que quiso decir con lo de que tú no eras su padre de verdad?

Antonio asintió.

–Su padre, el otro, quiero decir… ¿Está…?

–Está vivo –dijo él con una expresión tan feroz mientras descargaba una sarta de juramentos en español para acompañar la afirmación.

Fleur no entendió una palabra, pero era fácil adivinar que no eran demostraciones de afecto hacia ese hombre.

–Supongo que es normal que lo odies en esta circunstancia, pero no puedes culpar al pobre hombre, ¿no crees? Quiero decir, no sé cuáles son exactamente las circunstancias, pero...

–No lo sabes.

–Pero él debe estar pasándolo mal también.

–Sí, el *pobre* hombre ha sufrido mucho, pero ya sabes lo que dicen del karma: lo que va, vuelve. Sólo podemos esperar que algún día reciba su merecido.

Y él deseaba estar cerca para verlo… o mejor aún, dárselo él mismo.

Fleur estudió el rostro de Antonio un tanto confusa por el tono de voz que no se correspondía con el sentido de las palabras. Entonces, Antonio sonrió irónicamente.

–Estás tratando de meterte de nuevo en mi cabeza, ¿verdad, querida?

La acusación hizo que Fleur se sonrojara de culpabilidad.

–Ya te he dicho que no es un lugar en el que me apetezca estar –dijo ella con tono recatado.

–Tal vez no puedas evitarlo –sugirió él con tono seductor.

Fleur no pudo evitar pensar que ése sí era un pensamiento aterrador.

–Y tal vez *estés* totalmente equivocado...

Se detuvo en seco, los ojos desorbitados al ver que, sin previo aviso, Antonio se inclinaba sobre ella y le tomaba el rostro entre sus grandes manos.

–¿Qué crees que estás haciendo? –preguntó ella, notando el cálido aliento en la mejilla. Con un ligero gemido, cerró los ojos con fuerza.

–Es tu cumpleaños –dijo él con un acento mucho más fuerte del que había notado hasta el momento.

–Lo sé.

Antonio levantó el rostro de Fleur hacia él. Si no la besaba, siempre se preguntaría…

–¿Y no es casi obligatorio besar a una persona el día de su cumpleaños?

–A esta persona no… –contuvo la respiración, y se quedó inmóvil al notar el leve roce de sus labios primero en un párpado y después en el otro; y finalmente en una de las comisuras de los labios.

Fleur se decía que no tenía que darle más importancia, que no era para tanto. Pero entonces, Antonio levantó el rostro.

–Vale, me considero besada. ¿Podemos seguir?

–¿*Besada…?* –repitió él, en sus ojos un brillo divertido y muchos otros matices que no sabría definir–. Esto no ha sido un beso, querida –susurró él.

Y sin darle oportunidad a reaccionar, inclinó los labios hacia los de ella.

Los tibios labios se frotaron contra los suyos. En señal de desaprobación, Fleur trató de no mostrar reacción alguna, pero había una urgencia tan salvaje en el hábil y sensual roce que no pudo resistirse.

No quiso resistirse.

Antonio despegó sus labios unos milímetros, y Fleur dejó escapar un gemido segundos antes de que él tomara de nuevo sus labios entreabiertos. Esta vez, la urgencia de sus movimientos cedió un ápice.

Como si tuvieran todo el tiempo del mundo, Antonio deslizó la lengua en los confines cálidos e íntimos de su boca, saboreando y dejando que ella lo saboreara a él.

Unas luces estallaron contra los ojos cerrados de Fleur, pero ésta gimió y le devolvió el beso, rodeándole el cuello con los brazos, acariciando los rizos que se le formaban en la nuca.

Antonio dijo algo ininteligible antes de separarse de

su boca. Reclinándose contra el asiento, se quedó mirando hacia el frente con la respiración entrecortada.

Fleur se llevó una mano temblorosa a los labios hinchados. Sin lugar a dudas, ahora podía considerarse besada. ¡Y qué beso!

Antonio metió la llave en el contacto. Su comportamiento no sugería que hubiera acabado de besarla hasta llevarla a la locura. No había dicho ni una palabra.

El resentimiento se mezcló con la mezcla de confusión, vergüenza y excitación que recorría las venas de Fleur mientras lo observaba.

«¡Cómo si no hubiera ocurrido!».

Pensó que, para él, besarla debía haber tenido la misma importancia que peinarse. Algo que no se guardaba en la memoria. Mientras que ella, como una estúpida idiota, pasaría el resto de su vida comparando todos los besos que le dieran con ése.

Antes de soltar el freno de mano, giró la cabeza hacia ella y la miró.

–Feliz cumpleaños.

Durante un momento, se sostuvieron la mirada. El fuego abrasador que emanaba de los ojos de él provocó una sorprendente llamarada de calor en el cuerpo de ella. Cobrar conciencia de que él habría continuado con aquel beso tanto como ella no resultó ser el bálsamo para su orgullo que habría esperado.

Ser víctima de la pasión era una cosa. Era frustrante, sí, y horriblemente embarazoso, pero era seguro. Saber que su objeto de deseo sentía lo mismo por ella era, por alguna razón inexplicable, aterrador.

Capítulo 7

FLEUR permanecía sentada en una alcoba fuera de la sala de espera, sintiéndose invisible. Le habían dicho que esperara a que le subieran los analgésicos que le había recetado el médico. Miró el reloj de la pared y vio que llevaba allí casi media hora.

Observó la cantidad de gente que pasaba junto a ella con algo que hacer, aunque nadie parecía preocuparse por ella. ¿Se habrían olvidado de que estaba allí?

Casi de inmediato se sintió culpable por ser tan impaciente. No era que le enfadara esperar su turno, y la habían tratado maravillosamente, simplemente, aquel lugar le ponía los pelos de punta.

Por alguna razón, se le ocurrió que a nadie se le olvidaría que Antonio Rochas estaba allí. Frunció el ceño al tiempo que dejaba escapar un suspiro exagerado. Para ser alguien que había decidido desterrarlo a él, a sus problemas personales y su habilidad para besar de su mente, llevaba un buen rato pensando en él.

No tenía duda de que si la habían atendido con tanta celeridad era porque había llegado con él.

Estaba reflexionando sobre la superficialidad de la naturaleza humana, que hacía que la gente respondiera a un rostro conocido de esa manera, cuando pasó junto a ella la enfermera que la había atendido mientras le daban puntos en la pierna.

—¿Todavía aquí? —preguntó con gesto comprensivo.

Fleur asintió.

–Me preguntaba –comenzó dubitativamente–, ¿podría decirme cómo está Tamara Rochas? –se detuvo, y sonrió avergonzadamente–. Lo siento, supongo que no puedo esperar que vaya informando del estado de los pacientes a la gente que no es familiar.

–Usted no es una extraña exactamente, ¿no es así? –dijo la enfermera con una sonrisa.

–No exactamente –dijo Fleur, no muy segura de qué responder.

–Si quiere, la conduciré hasta su habitación. Me pilla de camino a la cafetería.

–Se supone que tengo que esperar aquí a que me suban los calmantes –dijo Fleur, pensando que ni siquiera debería estar considerando la posibilidad de alejarse.

–Ya lo creo que tendrá que esperar. Los ordenadores se han caído esta mañana dos horas y todavía están recuperando datos. Y para empeorar las cosas, la mitad del personal de la farmacia tiene la gripe. No creo que tengan listos sus medicamentos antes de media hora.

–Es usted muy amable –dijo Fleur, levantando la barbilla.

–¿Es amiga de la familia? –preguntó la enfermera, curiosa, mientras daba el botón del tercer piso.

La pregunta le hizo recordar a Fleur lo inapropiado de sus actos.

Una extraña a la que el padre de la paciente había besado.

Fleur eligió sus palabras con sumo cuidado, consciente de que era la oportunidad idónea para aplastar cualquier ridículo rumor antes de que empezara a circular.

–Soy su vecina. Apenas lo conozco –dijo finalmente, preguntándose qué consecuencias tendría para él si dijera que tenían una relación más cercana.

–Claro.

Fleur no dijo nada ante el guiño cómplice de la chica.

–No, es *verdad* –dijo con firmeza.

–¿De verdad? Pensamos que él y usted… –dijo la chica, sorprendida.

–Como si eso fuera posible –dijo Fleur, adoptando una expresión chistosa.

–Podemos soñar, ¿no? –dijo la enfermera, observando el aspecto de Fleur con aquellas ropas prestadas.

Un tanto desinflada al comprobar lo fácil que le había resultado convencer a la enfermera de lo ridículo de la idea de que Antonio y ella eran pareja, se apoyó en la pared del ascensor mientras pensaba que soñar con ser la amante de Antonio era muy mala idea.

–Quinta puerta a la izquierda, 3B –dijo la enfermera antes de que se cerrara la puerta.

Fleur llamó a la puerta dos veces. Al no recibir respuesta, abrió y se encontró en un pequeño pasillo. Le alivió ver que no había nadie en el mostrador de las enfermeras. En cuanto abrió la puerta, se dio cuenta de que no era buena idea. El hombre creería que lo estaba acosando.

Dudó durante un largo y fatal momento. De no estar haciéndolo, no habría oído las voces. Una era aguda y joven; la otra, profunda. Un paso atrás y habría quedado libre. Y aún lo era. ¿Por qué se dirigía entonces hacia la voz sin poder evitarlo?

–No deberías disgustarte –dijo Antonio, quitándole la mascarilla de oxígeno que Tamara tenía en la mano, y se la colocó en la cara.

Su hija estaba tan pálida como las sábanas. Se apresuró a arrancarse la mascarilla de nuevo.

–No finjas que te preocupas por mí, o que mi madre

significó algo para ti –dijo ella con desdén–. ¿Qué fue ella para ti? ¿Un lío de una noche?

–Yo no tengo líos de una noche.

Antonio era consciente de que tan sólo dos semanas antes había afirmado lo mismo con absoluto disgusto. En esa ocasión había sido en respuesta a una pulla de su hermana, que le había dicho que él no estaba en situación de opinar sobre relaciones porque él nunca había tenido una, tan sólo una serie de líos de una noche encadenados.

Su airada autodefensa no había hecho cambiar de opinión a Sophia. Estaba acostumbrado a los comentarios cortantes de su volátil hermana, pero ése se le había grabado en la memoria.

–Tus aventuras pueden durar seis meses, un año, pero créeme, Antonio, no son relaciones. Una relación implica que tú también des algo de ti, y ni siquiera sabes cómo hacerlo –había dicho su hermana.

–¿La querías? –preguntó Tamara.

Silencio. Antonio observó cómo el delgado cuerpo de Tamara se ponía rígido como anticipando el golpe.

Y una imagen apareció en la mente de Antonio: una piel perfecta, unos labios exuberantes pintados de rojo y unos ojos que sabían irradiar una inocencia que su dueña no poseía. Un rostro muy bonito. Un rostro unido de manera inextricable al engaño y la humillación. El engaño por parte de ella para humillación de él. Y para un chaval de diecinueve años, enamorado, la humillación podía ser algo devastador.

Enamorarse de Miranda había sido una experiencia que había moldeado su carácter. Le había enseñado una lección importante: que uno puede dejar que sus pasiones lo gobiernen o uno puede gobernar esas pasiones.

Y Antonio había hecho su elección.

En lo que a sus emociones se refería, se había acostumbrado a mantener las distancias, a ser objetivo.

Pero había una mujer en su vida con quien no parecía poder guardar las distancias, una mujer con la que no podía ser objetivo.

–Estaba muy enamorado de tu madre.

–¿*Estabas*…? –preguntó la joven con gesto suspicaz.

–Lo estaba, y puedo decirte con sinceridad que no he vuelto a amar a ninguna mujer –dijo él.

El amor implicaba confianza, y Antonio no tenía intención de volver a confiar en ninguna mujer.

Sin embargo, y sin motivo aparente, se puso a pensar en Fleur, en aquellos grandes e inocentes ojos suyos y notó extraños sentimientos en su interior. Entonces pensó en su boca y se encontró envuelto en una ardiente fantasía.

Una atractiva enfermera entró en la habitación y dijo algo que Antonio no pudo escuchar, pero logró hacerle salir de la erótica fantasía.

Fleur no se quedó para oír la respuesta de la chica a la confesión de su padre. Se dirigió al ascensor con los sentimientos confundidos. Podía aceptar, de alguna manera, a Antonio, el afamado playboy. Pero Antonio, el hombre, que una vez amó a una mujer y la había perdido… eso era muy distinto.

Había decidido despreciar a Antonio Rochas antes de conocerlo. Ahora se encontraba con la posibilidad de que, bajo su capa de macho cínico, hubiera un hombre capaz de amar. Un hombre de una sola mujer…

Dos enfermeras salieron de una de las habitaciones justo cuando ella pasaba, y parecieron sorprendidas de verla. Fleur se limitó a sonreír, tratando de no parecer fuera de lugar, como evidentemente estaba.

Tras esperar casi una hora a que le subieran sus calmantes, Fleur había pasado ya los torniquetes de la salida de Urgencias cuando lo vio.

Allí de pie, con las manos en los bolsillos, de espalda al viento, parecía tremendamente solo. No estaba mirando en dirección a ella, pero, de haberlo estado, tampoco la habría visto. Por su perfil, se diría que estaba absorto en sus pensamientos. Se le ocurrió a Fleur que parecía una persona vulnerable.

Lo mejor sería pasar de largo. Y casi lo había logrado. Estaba ya cerca de los taxis aparcados en línea a la salida cuando su conciencia le demostró ser más fuerte que sus instintos de autoprotección.

—Eres idiota, Fleur —murmuró para sí mientras se acercaba. Se detuvo a unos centímetros de su línea de visión, y lo estudió en un intento por averiguar qué había en aquel hombre, además de lo obvio, que la hacía reaccionar como nunca había reaccionado con ningún hombre.

Algo que desafiaba a la lógica.

—¿Aún aquí?

Antonio se giró y despegó los hombros de la pared.

—He salido a tomar el aire mientras esperaba.

—¿A qué?

—A ti.

—¿Por qué?

—Me gusta asegurarme de que mis acompañantes llegan sanas y salvas a su destino.

—Qué dulce y galante por tu parte —dijo ella, levantando los ojos hacia él con una sonrisa—. Aunque no tan dulce y galante si tenemos en cuenta que tu cama es su destino. Supongo que por eso tienes un interés personal en hacer que llegue hasta allí.

Apretó los dientes, asombrado. Pero entonces, y para consternación de Fleur, sonrió. Sus ojos azules danzaron con gesto de mofa.

–¿Es ahí donde esperas terminar tú…?

Preguntándose cuándo lograría dejar de decir lo primero que se le venía a la cabeza, Fleur deseó que las mejillas no le ardieran tanto.

–Preferiría pasar la noche aquí –dijo ella, señalando el edificio que había a sus espaldas–, y ya sabes cuánto me gustan los hospitales.

Antonio no pensó en rebatírselo.

–Me han dicho que te puedes ir a casa –dijo él, mirándole la pierna mientras su sonrisa se desvanecía.

–No deberían haberte dicho nada –dijo ella, poniéndose rígida aunque aliviada por haber dejado el tema de la cama–. Pero sí. Y me han puesto la vacuna del tétanos. Tenías razón.

–¿Tienes que volver?

–No, me han dicho que está completa la vacuna y me han puesto una inyección de antibióticos –agitó la bolsa de papel que llevaba en la mano–. Calmantes. Y me han dicho que puedo ir a mi médico de cabecera para que me quite los puntos. ¿Cómo está Tamara?

Antonio se puso tenso al oír el nombre.

–Tendrá que quedarse esta noche –dijo abruptamente.

–Pero está…

–Dicen que se pondrá bien, pero… –sus ojos recorrieron los rasgos de Fleur y una molesta expresión se apoderó de ellos– …tú ya lo sabes, ¿no es así?

Fleur se puso tensa y lo miró con cautela.

–¿Que lo sé…?

–Las enfermeras mencionaron algo de una visita –le reveló Antonio, al tiempo que estiraba un brazo por encima de la cabeza y rotaba primero un hombro y después el otro para tratar de reducir la tensión.

Una expresión distraída se adueñó del rostro de Fleur mientras imaginaba el movimiento de sus músculos bajo la camisa. Un sonoro gemido escapó de su garganta mientras bajaba la vista.

–¿Qué te hace pensar que era yo?

–La cojera, el pelo rubio y los ojos dorados fueron pistas concluyentes –dijo él.

–¡No pudieron darse cuenta del color de mis ojos! –se quejó ella, levantando la vista.

–No, pero yo sí.

Le sostuvo la mirada con sus ojos azules mientras ella notaba una especie de vértigo.

–Pensé que no estaría de más pasarme a ver cómo estaba –admitió ella, tirándose del cuello de su camiseta prestada.

–¿Pero cambiaste de opinión? –preguntó él, enarcando una ceja.

–Llegué hasta la puerta, pero…

–Me viste –dijo él con sequedad–. ¿Te preocupaba que intentara besarte de nuevo?

«Lo esperaba». El pensamiento hizo que el rubor de sus mejillas se intensificara mientras trataba de contener la creciente sensación de pánico.

–En realidad no. Pensé que estaba a salvo de tus atenciones no deseadas delante de tu hija.

–¿*No deseadas*…?

–¿Crees que me gusta que me soben hombres desconocidos?

–Por norma general no lo sé, pero si hablamos de uno en particular...

Fleur que no quería hablar de ninguna manera del beso que habían compartido en el coche, lo interrumpió antes de que continuara.

–No quise interrumpir.

Antonio apretó los labios sin poder contener un imperceptible temblor.

–La interrupción habría sido bienvenida.

–Bueno, me alegro de que no haya sigo nada grave –dijo ella. Al menos para Tamara. No estaba tan segura de que pudiera decirse lo mismo de ella... ¡y no se refería a su pierna! –. ¿Te quedarás a pasar la noche?

–Los médicos dicen que no es necesario. La han medicado para ayudarla a dormir, pero me quedaré de todas formas –dijo él, flexionando los hombros nuevamente antes de meterse las manos en los bolsillos.

–Entonces no podrías llevarme a casa –señaló ella–. A menos que entre tus talentos esté el de la ubicuidad.

–La idea era llevarte a casa y volver.

Meterse en el coche con él nuevamente... ¡Sería como contratar a un alcohólico en una destilería! Aceptar que tenía un problema era el primer paso, se dijo Fleur. Y lo cierto era que ella tenía uno bien grande.

–No es necesario, y no me gustaría que Tamara pudiera despertar y se encontrara sola.

–Dudo mucho que ver mi rostro al despertar la ayude a recuperarse. Pero también sabes eso, ¿no es así? Ahora tendrás muchas cosas que contar a tus amistades.

–No soy una cotilla y no era mi intención ser testigo de una discusión familiar –dijo ella, picada por la sugerencia de que saldría corriendo a contar todos los detalles a todo el mundo. ¿Por qué los había compartido con ella?

–Y francamente, bastantes problemas tengo ya sin contar con los tuyos –añadió.

–Tú no me pediste que te besara, pero te gustó –dijo él, mirándola a la cara–. A mí también –añadió, bajando el tono de voz y añadiéndole un matiz ronco muy sexy, sin dejar de mirarla a los ojos.

–Pareces sorprendido –observó ella con voz igualmente ronca.

–Supongo que sí –tuvo que admitir, tomando conciencia del hecho.

–Porque tengo el aspecto de alguien que no sabe besar.

El puntilloso comentario le arrancó una sonora carcajada a Antonio. El sonido, desinhibido y extremadamente atractivo, hizo que varias personas los miraran con curiosidad. La pobre Fleur notaba que los nervios se le acumulaban vertiginosamente en el estómago.

–Con esa boca… –las últimas trazas de la risa se desvanecieron, y fijó la vista en el voluptuoso contorno de esa parte de su rostro–. No te queda más remedio que besar bien. Tienes una boca –dijo sin dejar de mirarla– hecha para besar.

No era de extrañar que Fleur, cuyos pies parecían clavados al suelo, no pudiera pensar en un hábil comentario para salir del paso. Tenía la frente fruncida sin poder salir de su asombro.

–No, fue mi reacción lo que me sorprendió –continuó él, sin poder dejar de mirar sus labios–. La última vez que hice el amor en un coche, era un adolescente.

–Dato que no era necesario que compartieras conmigo –dijo ella, aunque no por el motivo que sugería su tono cáustico.

En su cabeza, veía cómo las mujeres deslizaban sus manos bajo su camisa, deseosas de acariciar la suave piel dorada que cubría su fuerte y poderosa espalda, tal como ella había deseado hacer.

–Cuando estoy contigo, digamos que mi control no es… tan bueno –sus palabras se quedaban cortas en realidad. Cuando estaba con ella tenía menos control que un adolescente en un ataque hormonal.

–¡Y *no* hicimos el amor! –puntualizó ella. Eso sólo había ocurrido en su cabeza y, aunque su cabeza estaba confusa en ese momento, aún diferenciaba entre la realidad y la fantasía.

–Si ese coche no hubiera tocado la bocina…

–¿Qué coche? –preguntó ella sin pensar.

Antonio inclinó la cabeza un poco en señal de aceptar un cumplido.

–Me siento halagado.

Y tan complacido consigo mismo, que Fleur sintió ganas de patearle.

–Ah, ese coche…

–Sí, ese coche.

Su tono indulgente la hizo apretar los dientes.

–Está bien, bueno, creo que debería irme a casa. Tengo que recoger a Sandy.

–No te preocupes. Te lo llevaré por la mañana.

–No es necesario.

–Quiero hacerlo.

Tratando de actuar como si su cuerpo no temblara y ardiera de deseo, Fleur se encogió de hombros, fingiendo que no le importaba lo que hiciera, y echó a andar.

–Y no besas tan bien, ¿sabes?

–Tú sí.

Si hubiera sonreído, habría pasado por una broma, pero Antonio no sonrió.

Fleur casi echó a correr, sin prestar atención al dolor de su pierna. Estaba claro que a aquel hombre le gustaba tener siempre la última palabra… la alternativa era ciertamente ridícula.

Capítulo 8

FLEUR dejó el tazón de moras que acababa de recoger de las zarzas del jardín y, deteniéndose a quitarse las katiuskas, corrió a abrir la puerta.

–Lo siento, estaba en el jardín… –se detuvo, los ojos muy abiertos al identificar a su visitante–. Hola… Tamara, ¿no es así?

Habían pasado dos días desde el episodio que podía haber terminado en tragedia, y la joven, viva y coleando, aparecía en todo su esplendor, alta y delgada, y con unos ojos grandes y líquidos como los de un cervatillo.

Tal como Fleur había predicho, en un par de años, los movimientos desgarbados se suavizarían y sus curvas se redondearían, dándole a Antonio muchos más problemas de los que imaginaba, pensó Fleur, incapaz de contener una sonrisa poco caritativa.

–*Él* me ha dicho que viniera a darte las gracias… –dijo la chica, con una expresión resentida muy propia de una adolescente, señalando con la mano hacia el final del camino.

Fleur vio el Range Rover y se puso tensa al reconocer la figura del conductor.

–Como si no hubiera pensado en darte las gracias –añadió con un gesto de sarcasmo–. No tenía que decírmelo.

–¿Quieres pasar? –preguntó Fleur, consciente de que no era momento de dar su opinión. No creía que Antonio lo agradeciera. Antonio, que había enviado a su hija pero no se había acercado él mismo. Estaría en todo su derecho de bajar hasta ese coche y pedir la explicación que merecía.

No lo hizo, sin embargo, para dejarle bien claro que no le importaba si cumplía o no sus promesas.

Fueran cual fueran sus motivos, no debería haberse preocupado. Había captado el mensaje, alto y claro al ver que una de las jardineras había ido a llevarle a Sandy a la mañana siguiente.

Fleur había comprendido fácilmente que «Para ahorrarle la molestia de tener que ir a buscarlo» en realidad quería decir «Ahora no tiene excusa para ir a la casa». Estaba claro que, para él, el beso del coche había sido un enorme error de juicio que no tenía deseos de repetir a plena luz del día.

Y ella tampoco.

Tamara miró por encima del hombro de Fleur hacia el interior de la casa, pero sacudió la cabeza.

—Será mejor que no. *Él* tiene prisa.

—En otro momento, entonces. Me alegro de que estés mejor –dijo Fleur.

—Gracias –dijo la chica, con un tono mucho menos enfurruñado que el que había recubierto sus palabras hasta el momento.

—De nada –respondió Fleur alegremente–. Pero no tuve mucho que ver en tu rescate –admitió.

La chica frunció el ceño. El parecido con su padre resultaba increíble.

—Pero…

—Fue tu padre –dijo Fleur–. Pero estoy segura de que ya lo sabes.

El expresivo rostro de la chica indicaba sin lugar a dudas que no tenía idea de qué le estaba hablando pero, fingiendo no darse cuenta, Fleur añadió:

—Cuando se sumergió la última vez –cerró los ojos

y sintió un escalofrío a lo largo de la espina dorsal–, pensé que no saldría… –no fue necesario fingir la tremenda emoción que se apoderó de su voz al recordar el horrible momento.

Dejando escapar un profundo suspiro y frotándose los brazos para anular la carne de gallina, levantó la vista. El asombro que vio en los expresivos rasgos de la joven era casi cómico. Era evidente que era la primera vez que la chica se daba cuenta de que ese hombre al que decía odiar había arriesgado su vida para salvarla.

–Aunque lo cierto es que no lo habría hecho. Me refiero a salir del agua, sin ti.

Tamara se quedó mirándola fijamente.

–Pero si ni siquiera me quiere.

–Pues lo del otro día resulta una extraña manera de demostrarlo.

–Es sólo cuestión de tiempo que me devuelva.

Fleur captó el tono de incertidumbre mezclado con el desprecio en la voz de la joven.

–¿Y tú crees que comportarte como una adolescente horrible acelerará el proceso? –preguntó Fleur con expresión comprensiva–. ¿Se te ha ocurrido ser amable y tratar de decirle lo infeliz que eres?

–No le importo –insistió la chica con el ceño fruncido.

–¿Te ha dicho él eso?

–No es necesario que lo haga. Es *obvio* –replicó la chica–. El problema se habría terminado si me hubiera ahogado.

Fleur vio que sus ojos se llenaron de lágrimas y se dijo que lo más inteligente era no decir nada. Involucrarse con la familia Rochas era lo último que quería hacer. Nadie le daría las gracias y, si algo salía mal, cosa más que probable, a la primera que echarían las culpas sería a ella.

–Y supongo que se lo has dicho –dijo ella, haciendo caso omiso a la advertencia de su cabeza.

–Él no lo negó –dijo la chica, levantando la barbilla en gesto desafiante.

Tan testaruda como su padre, pensó Fleur, suspirando al ver el gesto desafiante.

–No esperarías que lo hiciera, ¿no? El hombre viril, frío como el acero, que nunca habla de sus sentimientos, no haría algo así.

El comentario exasperado arrancó una sonrisa a la chica. A medio camino entre el coche y la casa, y escuchando sin pudor alguno su conversación, Antonio se detuvo. Era la primera vez que oía reír a su hija.

–¿Es que no te gusta?

Sorprendida, Fleur consideró la pregunta.

–Tu padre no es una persona que guste a la gente –dijo ella. Gustar era un sentimiento tibio, y no había *nada* tibio en Antonio. Pensó en su boca y en la forma en que sus entrañas se disolvían al mirarla, y dijo–: Es el tipo de persona a quien se ama o se odia.

–¿Y en cuál de los dos campos estás tú, Fleur?

Fleur se sonrojó violentamente al ver la alta figura que salía de su escondite tras un acebo. Llevaba un jersey gris de cachemira, pantalones oscuros de corte informal pero impecable. Emanaba de él su natural aire de autoridad. Estaba guapísimo. En eso no había cambiado.

Lo maldijo por estar siempre donde menos quería que estuviera. Siempre haciéndola sentir cosas que no quería sentir.

Había logrado vivir veinticinco años sin sentir un deseo primitivo hacia ningún hombre. ¿Por qué tenía que ocurrirle ahora? ¿Por qué con él?

Una ceja oscura arqueada con gesto irónico y un brillo malicioso en sus ojos azules mientras miraba el rostro enrojecido de Fleur.

—¿O no debería preguntarlo?

—Eres un experto en hacer cosas que no deberías —respondió ella, y casi al momento deseó no haberlo dicho, porque el comentario hizo que Antonio le mirara los labios, y supo que estaba pensando en el beso del coche.

¡Y lo que era peor, ella también!

—¿Cuánto llevas ahí escondido?

—¿Entiendes cómo me siento? —preguntó Tamara a Fleur—. No me pierde de vista, y no me deja ver a mi padre verdadero.

Fleur miró atónita a Antonio.

—Estoy segura de que eso no es cierto.

—Lo dices porque no lo conoces como yo —afirmó la chica, riéndose con amargura.

Un recordatorio de lo más apropiado, pensó Fleur. No lo conocía en absoluto, lo cual hacía aún más horrorosa la idea de que, estando tan cerca de él, sólo podía pensar en la sensación de tener su cuerpo unido al suyo.

—Por el momento, lo mejor será que te acostumbres a tu nueva vida.

La joven miró a Fleur.

—¿Ves? Te lo he dicho —y a continuación giró la cabeza hacia su padre—. No quiero una nueva vida. Me gustaba la que tenía.

—Te adaptarás —dijo Antonio con tono sombrío—. ¿Cómo está tu pierna? —preguntó a Fleur.

—Bien. Me quitan los puntos el martes.

—Pero podría no ser así. Algo que me gustaría que recordaras, Tamara, la próxima vez que quieras demostrar tu independencia. A menudo, personas inocentes resultan heridas.

La chica se sonrojó, y miró a Fleur con absoluta culpabilidad.

–No fue culpa mía.

–Una de las primeras cosas que debes aprender, Tamara, es que una persona, al menos una con agallas, acepta la responsabilidad de las consecuencias de sus actos y no trata de echar la culpa a otro.

A Fleur no le sorprendió ver las lágrimas aflorar a los ojos de la joven. Incluso uno de los directivos experimentados que trabajaban con Antonio habría tenido que esforzarse para no mostrarse intimidado por el tono frío y concluyente de su padre.

–Espérame en el coche, Tamara –añadió con gesto cansado mientras volvía su atención a Fleur, que deseó que no lo hubiera hecho.

Las ojeras deberían haberle dado un aspecto demacrado; no hacían sino intensificar su peligrosidad en una forma muy sexy.

–Yo...

Fleur recuperó el ritmo de la respiración al ver que Antonio dirigía su atención de nuevo a Tamara.

–Harás lo que te pido por una vez y me harás el favor de no informar a todo el que pase de que pretendo raptarte.

Con un último y resentido vistazo al severo perfil de su padre, la chica se alejó.

–¡Eres un estúpido!

Antonio giró la cabeza hacia ella con un movimiento seco. Negándose a retroceder ante su prepotencia, apretó los labios, y añadió–: No me mires así. Lo eres. Un total y absoluto… –suspiró, y sacudió la cabeza–. Estoy malgastando energía, ¿no?

Antonio se encogió de hombros y fue como si parte de su frialdad desapareciera de sus gestos sombríos.

–Soy el primero en admitir que tengo fallos.

Fleur cerró los ojos y durante un segundo pensó que no eran fallos visibles. Logró apartar la imagen de su cuerpo desnudo y, abriendo los ojos, dejó escapar una triste y no muy convincente, carcajada.

—Menuda concesión —dijo ella con voz ronca.

—Y ninguna experiencia como padre.

Fleur trató con todas sus fuerzas de no ver el dolor rápidamente oculto que brilló momentáneamente en sus ojos azules. Fleur no quería sentir empatía por aquel hombre. Sólo sería un atajo para llegar a unas complicaciones emocionales que no le hacían ninguna falta.

—Hablar con ella sería una buena forma de empezar.

—¡Madre mía! —exclamó él, no demasiado agradecido por el consejo—. ¿Es que crees que no lo he intentado? Es… *difícil*. Esa chica me odia.

—¿Y te extraña? —preguntó ella—. No la dejas ver al hombre al que ha considerado su padre durante toda su vida. Sé que no eres famoso por tu sensibilidad pero, por todos lo santos —inspiró, y sacudió la cabeza en gesto de desaprobación—. Estoy segura de que debes darte cuenta…

—Me doy cuenta…, de verdad —dijo él, apretando sus sensuales labios, al tiempo que se pasaba la mano por la mandíbula sin dejar de mirarla.

—¿De qué te das cuenta? —preguntó Fleur, enarcando las cejas.

—Me doy cuenta de que tu comportamiento oficioso y entrometido pretende compensar el hecho de que no tienes una vida propia.

Fleur se quedó allí parada, viendo cómo la superioridad emanaba de todos y cada uno de sus poros.

—Para tu información, sí *tengo* una vida. Una vida maravillosa, aunque era mucho mejor antes de que aparecieras en ella —dijo ella, frunciendo el ceño con la esperanza de que Antonio no se hubiera dado cuenta de que sus palabras implicaban que él formaba ahora parte de su vida–. Y ya que hablamos de vidas, ¿qué tal va la tuya últimamente? Sé que te dedicas a ganar dinero y a dejarte caer por los sitios adecuados del brazo de alguna belleza operada. Pero yo diría que *tu* estilo de vida está hecho para que los demás lo observen –dijo ella con tono desdeñoso.

–Y en cuanto a lo de la intromisión –continuó Fleur con los dientes apretados–, admito que mi instinto natural es el de tirar de alguien cuando creo que se va a caer por un precipicio. Pero en el futuro, haré una excepción. De hecho, te indicaré la dirección adecuada para que te tires.

Un curioso silencio sobrevino al estallido emocional. Duró lo justo para que Fleur comenzara a albergar dudas de lo acertado de decir lo que tenía en la cabeza.

–No tenía derecho a hacer comentarios personales.

De mala gana pero una admisión en toda regla. Sorprendida, aunque tratando de no mostrarlo, Fleur asintió con la cabeza.

–No, no lo tenías.

–Te gusta presentar batalla, ¿no es así… querida?

Lo dijo como si realmente la admirara… Cada vez que creía tenerlo bajo control, hacía o decía algo que le demostraba que no siempre era lo que parecía.

–Sólo porque estés frustrado, no significa que tengas que pagarlo conmigo.

Bajó la mirada y escudriñó el cuerpo de ella. Cuando llegó a los dedos de los pies, subió de nuevo, lentamente. Como resultado, Fleur cobró conciencia de todo su cuerpo y de la forma en que reaccionaba a su escrutinio, algo estúpido porque lo más probable, pensó, era que estuviera haciendo una lista mental de sus fallos.

Llegó de nuevo a su rostro y resultó que no había hecho ninguna lista de defectos. Fijó en ella su mirada de depredador, y Fleur no pudo controlar el vértigo en el estómago. Su voz era un suave y estudiado ronroneo cuando dijo:

–¿Y no se te ha ocurrido pensar que *tú eres* parte de mi frustración?

Capítulo 9

NO SE le había ocurrido hasta ese momento. Fleur se esforzó por mantener la compostura mientras se derretía por dentro. A través de sus propias pestañas, vio el tono oscuro que adquirían las facciones cinceladas de Antonio, el brillo de sus ojos tras las espesas pestañas le arrancó un leve suspiro.

–Estaba pensando en la otra noche cuando…

–No me puedes decir nada que no haya pensado yo antes –dijo ella, sacudiendo la cabeza.

–Entonces tú también has pensado en ello.

–Ni un poquito –dijo ella, pensando que a veces, las mentiras no sólo estaban justificadas, sino que eran esenciales–. Odio ser yo quien te dé la noticia, Antonio, pero todos los besos son muy parecidos. Tu problema es que...

–¿Tengo que mejorar mi técnica?

Era normal que se mostrase tan engreído. Alguien que besaba como un ángel podía permitirse mostrar tanta seguridad en sí mismo. De pronto, Fleur se sentía tan furiosa con él que quería golpearlo pero, en su lugar, se puso las manos a la espalda.

–Tu problema son tus prioridades. Estábamos hablando de Tamara. Mientras trates de impedir que vea a ese hombre, seguirá odiándote, y no seré yo quien la culpe por ello.

Antonio dejó escapar un juramento ininteligible entre dientes y se pasó la mano por los cabellos oscuros.

–¿Imaginas que yo he elegido esta situación? –atacó él, frunciendo el ceño con furia.

–¿No eres tú el que acaba de darle un sermón sobre aceptar la responsabilidad de sus actos? Creo que lo que has hecho es inhumano.

–Eres una pequeña mojigata… –completó el resto en un furioso español.

Antonio inspiró profundamente y levantó las manos mientras hablaba en tono calmado que enmascaraba sus verdaderos sentimientos.

–Charles Finch, el hombre con quien se casó Miranda antes de que naciera Tamara, me ha dejado bien claro que no quiere volver a ver a Tamara. Ahí lo tienes –dijo, chasqueando los dedos mientras echaba a andar por el camino de grava con paso inquieto.

Fleur frunció el ceño mientras lo veía retroceder.

–No comprendo…

–No quiere tener contacto alguno con ella. ¿Necesitas que te lo diga con más claridad? Finch fue a verme y me dijo que Miranda había muerto y que yo tenía una hija que me estaba esperando abajo, en el coche. Y antes de que lo preguntes, no, no entendí mal sus motivos. No, no nos dio tiempo para conocernos. Te digo esto porque sé que te gusta imaginar que todo el mundo, menos yo, tiene virtuosos motivos que justifique sus actos.

Fleur parpadeó rápidamente y palideció. No podía imaginar que alguien pudiera hacer algo tan desalmado.

–¿De verdad…?

Aunque el rostro de Antonio estaba desprovisto de toda emoción, ella no dudaba que en su interior debía estar sintiendo… lo cierto es que no tenía ni idea. No tenía duda de que Antonio poseía unos nervios de acero y reservas que los demás sólo podrían soñar, pero aceptar la noticia debió de ser un golpe tremendo incluso para él.

–No me parece que sea un asunto de broma, ¿no te parece?

Fleur sintió rabia en nombre de Tamara. Antonio tendría sus fallos, pero era mucho mejor que un ser como ese hombre.

–Pero es algo muy cruel. ¡Qué hombre más horrible! –exclamó–. No se merece una hija como Tamara.

Al levantar la vista vio que Antonio la estaba mirando con una extrañada expresión.

–¿Crees que yo soy mejor?

Fleur pensó que era mejor que la misma perfección, y se sonrojó.

–Creo que tienes potencial.

Sin dejar de mirarla, inclinó la cabeza ligeramente para aceptar la concesión, aunque fuera de mala gana.

–¿Se lo has dicho a Tamara?

–¿De qué serviría? –preguntó él.

–Bueno, puede que así no te odiara tanto.

Antonio se quedó mirando la estrecha porción de piel de su estómago plano que dejaba a la vista la camiseta corta que llevaba, y se preguntó si sería tan cálida y sedosa como parecía.

–Necesita tener a alguien a quien odiar, y puedo soportarlo –Antonio se encogió de hombros.

–Porque eres un macho –bromeó ella suavemente.

–Porque soy su padre y no estuve con ella cuando debería. Creo que Tamara está demasiado débil, emocionalmente hablando, para soportar la dura verdad.

–¿Así es que seguirás haciéndote pasar por el malo de la peli?

Una sonrisa lobuna partió sus labios en dos.

–*Soy* el malo de la peli, ¿no lo has oído? Ven con nosotros a Londres esta tarde –se sorprendió diciendo.

–¿Para qué?

–Las mujeres que conozco no necesitan una razón para ir de compras.

–Yo no soy como las mujeres que conoces.

Le pareció ver algo en el fondo de sus ojos pero, antes de que le diera tiempo a decidir qué era, Antonio estaba sonriendo, no con los labios, sino con los ojos. Una sonrisa que consiguió alterar aún más su ya errático pulso.

–No, no lo eres.

Era difícil decidir a juzgar por su enigmático tono si era algo bueno o algo malo.

–¿Quieres una razón? –añadió.

Ella asintió, pensando que con algunas cosas no había razón que valiera. Por ejemplo, enamorarse de un tipo que sólo le rompería el corazón.

–Bien, nos has visto juntos. Tienes que admitir que nos vendría bien un árbitro.

–Y yo que pensaba que disfrutabas de mi compañía.

Su sarcástica sonrisa se desvaneció cuando los ojos azules le sostuvieron la mirada durante un largo y molesto rato. Fleur acarició la cabeza del perro que se había acercado a la puerta, soñoliento, a ver qué pasaba.

–Hola, chico –dijo Antonio, chasqueando los dedos. El perro, trotó hacia él obedientemente, agitando la cola con alegría–. Siento no haber podido traértelo personalmente como te prometí –dijo, dándole una palmadita entre las orejas–. Me surgió un imprevisto.

Lo cierto era que cuando estaba a punto de salir, su hermana lo había llamado para decirle que se habían llevado a su hijo pequeño al hospital aquejado de apendicitis y, teniendo que cuidar de otros tres, su madre de viaje por el mundo y su marido en Nueva York, lo había llamado a él para pedirle el favor. Su hermana siempre había sido de lo más oportuna.

–¿De veras?

–¿Vendrás?

–¿Para que así no tengáis que hablar entre vosotros? No lo creo.

–Yo no soy una mujer.

–Ya me había dado cuenta –dijo ella, mirándolo.

Los dos se sostuvieron la mirada un momento y, de pronto, el aire empezó a vibrar con una tensión familiar y llena de posibilidades. El tipo de posibilidades que le disparaban el pulso.

–Y tú eres una mujer.

Su voz presentaba un matiz tangible que le provocó una serie de descargas de deseo en todo el cuerpo. Fleur se puso tensa y retrocedió un paso, apoyando los omoplatos en el marco de la puerta.

–Y Tamara preferiría ir de compras con una mujer.

Fleur, adiestrada para el recato, sacó el mentón, decidida a no dejar que viera el impacto que su presencia tenía en ella, aunque mucho se temía que era un poco tarde para esas precauciones. Estaba claro que Antonio Rochas había nacido sabiendo el impacto que tenía en las mujeres.

–No creo que te sonrojes delante de un mostrador de lencería –dijo ella, humedeciéndose los labios resecos.

El acto llamó la atención de Antonio.

–¿Te pongo nerviosa?

–Ya te gustaría –dijo ella, fingiendo indiferencia.

–¿Quieres saber qué me gustaría? –la abrupta pregunta tenía un tono de determinación.

Con la garganta reseca por unas emociones a las que no se atrevía a poner nombre, Fleur sacudió la cabeza. Antonio le retiró un mechón de pelo rubio y se lo colocó detrás de la oreja con expresión distraída. Sosteniéndole la mirada, apoyó una mano en la pared por encima de su cabeza. Fleur sintió que el corazón le latía desaforadamente al ver que éste se inclinaba sobre ella, amoldando su enorme cuerpo al de ella.

—Aunque creo que lo sabes… y que a ti también te gustaría, ¿o estoy equivocado?

La insolente media sonrisa que levantó las comisuras de su fascinante boca no llegó a sus ojos. Eran más azules y más brillantes que el cielo. Azules y llenos de un deseo salvaje. Mirarlos le causaba vértigo.

—Creo que deberías irte —consiguió decir Fleur.

—Yo también lo creo —convino él, aunque no daba señales de moverse.

—¿Y bien? —preguntó ella, enarcando una ceja, aunque en vez de mostrarse irónica no consiguió ocultar que no era más que una víctima de una implacable pasión.

—¿Tienes idea de lo que siento cuando te veo temblar sólo de pensar en mis caricias? —parecía no esperar respuesta—. ¿Quieres que te lo diga? —preguntó, tocándole la porción del estómago que quedaba al descubierto.

Fleur contuvo el aliento al sentir la corriente eléctrica que le recorrió el cuerpo. Pensaba apartarle la mano, pero terminó sujetándolo por la muñeca. Dejó escapar el aliento en forma de suspiro tembloroso al notar los dedos ágiles cernirse sobre su piel.

Antonio notó la contracción de sus músculos abdominales bajo los dedos. Vio que sus ojos se cerraban y el rubor coloreaba sus mejillas. Le resultaba asombroso lo sensible que era aquella mujer a la más mínima caricia por su parte. Sus ojos azules se oscurecieron conforme aumentaba su excitación.

Respirando entrecortadamente, Fleur se obligó a abrir los ojos.

—No puedes hacer esto… no podemos hacerlo…

—¿Por qué no? —preguntó él, sujetándole la nuca.

–Porque tu hija podría vernos.

La idea no pareció sofocar su entusiasmo.

–Esto es lo que me haces –dijo él, fijando en ella una mirada ardiente y llena de deseo.

–Tamara… –consiguió decir Fleur débilmente.

–Si nos pilla besándonos, aprenderá más que en una clase de educación sexual.

–¡Pero esto no es besarse! –se quejó ella, pensando que ninguna clase de educación sexual la habría preparado a ella para un encuentro con este hombre–. Podría resultar traumático para ella. A ningún niño le gusta pensar que su padre es activo sexualmente hablando.

–¿Activo? No últimamente –murmuró él mientras bajaba la cabeza para besarla.

A punto de rozarla, Fleur ladeó la cabeza.

–Por favor, Antonio… –suplicó.

Debatiéndose entre la frustración y la preocupación al ver que temblaba visiblemente, Antonio retrocedió. Se pasó una mano poco firme por el pelo.

–Tienes razón, no es el momento oportuno.

–Nunca habrá un momento oportuno. Ni un lugar.

–Cualquier lugar me parece bien.

La grosera admisión casi hizo que se le doblaran las rodillas, temblorosas.

–¿Vendrás con nosotros?

–Creo que necesitáis pasar un tiempo a solas.

–Ya hemos pasado tiempo a solas –dijo él sin alegría.

–¿Y le has dicho en algún momento lo mucho que te importa, estúpido cabezota?

–¿Qué has dicho?

–He dicho que eres un estúpido, y lo eres. Tamara piensa que no te importa, cuando lo cierto es que sí te importa. ¿Qué mal te haría decírselo?

–Es obvio que me importa.

–¡Por todos los santos! No te pongas altanero conmigo. Parece que no te das cuenta...

–¿Porque soy un estúpido?

–No es *obvio* para ella, Antonio –dijo ella, posando la mano en su brazo. Abrió los ojos al notar la tensión de sus músculos–. No sabrá que la quieres si no se lo dices. Vamos… –lo instó.

De haber sido en una situación distinta, se habría reído.

–Creía que eras muy bueno en todo –bromeó ella.

–Y yo también –dijo él, formando una irrisoria sonrisa. Fleur le apretó el brazo–. Conocerte me ha demostrado que no es así.

Fleur vio que Antonio miraba fijamente su mano en su brazo, y la retiró con cierta timidez.

–Me he perdido muchas cosas.

–¿*Perdido*?

–El crecimiento de Tamara… no tengo recuerdos.

Fleur sintió que las lágrimas afloraban a sus ojos al oírlo.

–Eso no quiere decir que no puedas crearlos a partir de ahora.

Vio que la sugerencia lo sorprendió y lo dejó pensativo a continuación.

–Sandy y yo nos íbamos a dar una vuelta.

Fleur agitó la correa que llevaba en el bolsillo, y el perro captó la indirecta de que salían a la calle.

–Pero tienes permiso para entrar si quieres un lugar privado en el que hablar con Tamara, una especie de territorio neutral. Hay té y galletas –dijo animadamente, echando a andar.

Había avanzado sólo unos pasos cuando sintió la mano de Antonio en el hombro.

–¿Qué estás haciendo?

–Tamara y tú necesitáis más tiempo… –dejó escapar un suspiro de exasperación, tras lo cual se giró y concentró su frustración en él–. No me necesitas para eso. Tenéis que hablar solos. No más tarde ni mañana. Tenéis que hablar ahora. Deja la llave debajo del felpudo cuando os vayáis.

Antonio contempló su rostro y, justo cuando Fleur ya pensaba que no podría soportar ni un segundo más el escrutinio que le estaba desnudando el alma sin declararse culpable de algo, de lo que fuera, sonrió.

–Realmente eres una mujer inusual.

–Sí, soy única… así es que ve a hablar con tu hija –dijo, mirando la mano que seguía posada en su hombro. Pero en vez de soltarla, sintió que Antonio la apretaba con gesto posesivo.

–Parece que no podremos ir a Londres, y mañana tengo que pasar el día en París.

–Qué bien –dijo ella, preguntándose adónde quería ir a parar.

–Pero pasado mañana, ¿te gustaría cenar conmigo?

Fleur abrió mucho los ojos. Obviamente tenía que rechazar la invitación, pero era muy agradable que se lo hubiera pedido.

–Es encantador por tu parte pero… ¿Qué harías si te digo que no?

–Denunciaría a tu malvado perro a las autoridades –dijo sencillamente.

–¿Me vas a chantajear?

–Si me sirve para que aceptes mi invitación, definitivamente sí.

–Entonces no me queda otra opción. ¿A qué hora pasarás a buscarme?

–¿A las siete?

–Siete y media.

Lo último que vio antes de volverse, fue la mirada de triunfo en su viril rostro.

–Sandy, soy una idiota. ¿Pero qué crees que debería ponerme? No queda bien ir muy arreglada. Estoy pensando en algo sexy pero no vulgar y… Santo Dios, realmente soy una idiota.

Capítulo 10

AL DÍA siguiente, Fleur regresó del trabajo hacia las cinco. Abrió la verja del jardín y echó a andar por el camino hasta la casa, deteniéndose a recoger un poco de tomillo para el guiso que pensaba preparar para la cena. Iba oliendo la planta cuando se dio cuenta de que había alguien sentado en los escalones de entrada.

—¿Estás huyendo o pasabas por aquí?

La chica sonrió y se puso de pie, quitándose el polvo del trasero de los vaqueros.

—He salido a dar una vuelta.

—¿Con o sin el permiso de tu padre?

—Le dije a Antonio que iba a dar un paseo. No está en casa hoy. Creo que ha ido a París.

Fleur sonrió y abrió la puerta. Al oír el nombre de Antonio, recordó el vestido que tenía preparado en su habitación. Después de mucho probarse, se había decidido por un vestido azul oscuro de terciopelo que le hacía un escote y unas caderas perfectas.

—¿Quieres pasar? —invitó Fleur mientras Sandy salía por el pasillo, sacudiendo la cola de contento—. Ten cuidado. Lame.

Tamara, que ya estaba acariciando al nervioso animal, asintió.

—He estado tratando de llamar a mi padre, al otro, pero cada vez... —se detuvo e, inspirando profundamente, la miró—. No quiere saber nada de mí, ¿verdad?

No es Antonio quien lo detiene. Mira, Fleur, si lo sabes, necesito que me lo digas... no soy una niña... tengo derecho a saberlo.

–Deberías preguntárselo a tu padre... a Antonio. No me corresponde a mí...

–¿Cree que no lo he intentado? –preguntó, siguiendo a Fleur al interior–. ¿Tienes idea de lo bien que se le da irse por las ramas?

Fleur puso una tetera y se volvió hacia su invitada.

–¿Qué ha pasado para que creas que...?

–¿Que mi querido papá no está presentando ninguna batalla legal para recuperarme? –dijo la chica, encogiéndose de hombros–. Estuvo echando un vistazo ayer y me encontré con todas mis cosas metidas en cajas... absolutamente todo. Fotos de cuando era pequeña, todo.

–Supongo que pensaría que necesitarías todas tus cosas... que así te sentirías más cómoda –sugirió Fleur.

–A mí me parece que trata de borrarme de su vida. Cada vez que llamo a su oficina me dicen que está ocupado, y la operadora dice que nuestro número no existe –miró a Fleur con unos ojos muy maduros para su edad–. Tengo razón, ¿verdad? Me ha dejado con Antonio. Por favor, Fleur. Estoy harta de que nadie me diga nada. *Necesito* saberlo, de verdad. Mañana vuelvo al colegio y necesito saber si merece la pena volver a casa el fin de semana. Si Antonio realmente quiere que venga.

Puesta en aquella difícil situación, Fleur no sabía qué hacer. Ella creía que la chica merecía saber la verdad, pero respetaba y comprendía la decisión de Antonio de protegerla.

–¿Qué te hace pensar que lo sé? –preguntó.

–Sé que si Antonio se lo dijera a alguien, sería a ti.

La segura afirmación sorprendió a Fleur.

—Tamara, creo que tienes una idea equivocada. Apenas conozco a tu padre.

—Pero te lo ha dicho, ¿verdad?

Fleur inspiró profundamente e, incapaz de resistirse a la mirada de la chica, asintió.

—Creo que es lo que ocurrió. Pero trata de no tener mala opinión de tu otro padre —«la babosa», pensó—. Supongo que se sintió herido al saber que no eras su hija. La gente hacemos cosas extrañas cuando nos sentimos heridos.

—Aliviado, más bien. No es una gran pérdida.

Fleur sintió que el corazón se le llenaba de compasión por la joven, y trató de mostrarse valiente.

—Estoy segura de que actuó por impulso y ahora lamenta haberlo hecho.

—Mamá y él no eran muy paternales —dijo Tamara—. Hasta que empecé a ir al colegio, veía más a mi niñera que a ellos. ¿Sabes? Mi madre fingía que yo era menor de lo que era cuando estaba con sus amigas, hasta que crecí demasiado. Odiaba que fuera tan alta.

Los detalles horrorizaron a Fleur, quien recordaba su niñez con gran cariño.

—Y ahora le ha caído el muerto a Antonio.

—Él no lo considera así —dijo Fleur, absolutamente convencida.

—Dice que quiere tenerme en casa —admitió la chica—. Dice que quiere hacerlo oficial y que me dará su apellido.

—¿Y tú que opinas?

—No lo sé… dice que lo deja a mi criterio.

—La familia es algo muy importante para los españoles.

—¿De verdad? Creía que eso sólo pasaba en los libros y en las películas.

Fleur sacudió la cabeza y le habló con la seguridad que creía necesitaba Tamara.

–No, no ocurre sólo en las películas. Creo que tienes una familia, tanto si la quieres como si no.

–Es muy mandón.

Fleur asintió.

–Y todas mis amigas en el colegio estarán locas por él. Será muy embarazoso.

–No me sorprendería.

–Crees que debería darle una oportunidad, ¿verdad?

–¿Importa lo que yo crea?

–Bueno, tú le gustas.

Fleur se dijo que era estúpido e infantil sentirse complacida. Pero no pudo evitarlo.

–Mi perro le mordió –confesó ella–. Unos treinta segundos antes de que nos conociéramos.

–¿De veras? –dijo Tamara, riéndose y mirándola con los ojos muy abiertos.

–Vaya primera impresión –dijo Fleur, la chica prorrumpió en carcajadas.

–Pero Sandy lo adora ahora.

–Es muy…

–¿Carismático? –sugirió Fleur.

Tamara asintió con entusiasmo, y se miró el reloj.

–Dijo que me llamaría a las seis –dijo despreocupadamente–. Será mejor que vuelva a casa –cuando estaba en la puerta, se giró y la miró con una sonrisa traviesa–. ¿Quieres que le dé recuerdos de tu parte o prefieres hacerlo tú misma? –riéndose, se marchó dejando a Fleur sonrojada. Para que luego dijeran de los niños.

Fleur terminó de corregir el último ejercicio y suspiró, satisfecha por haber utilizado su hora libre para algo beneficioso. Así tendría toda la tarde para prepararse. Estaba guardando los trabajaos en el maletín cuando la puerta se abrió de golpe y una figura, alta y furiosa, entró sin pedir permiso.

Sorprendida y confusa, Fleur se quedó inmóvil mientras trataba de adivinar qué demonios estaba haciendo allí.

—Pensé que nuestra cita era esta noche.

—¿Cómo te atreves a interferir en algo que no te atañe?

El acento extranjero, normalmente débil, se notaba ahora, fuertemente pronunciado.

—Estoy esperando —dijo, enarcando una ceja.

Fleur cerró la boca de forma casi audible.

—Tengo clase dentro de cinco minutos.

—Y yo, señorita Stewart, tengo un problema, y ese problema ¡eres tú!

Fleur pasó junto a él dispuesta a cerrar la puerta, la espalda erguida y la barbilla levantada en gesto desdeñoso, mientras el control de Antonio permanecía intacto. Consideraba que sabía reconocer el carácter de las personas, pero el problema era que, por primera vez desde que era un adolescente, había dejado que la lujuria nublara su buen juicio.

Aquella mujer, sin embargo, no respetaba nada, y desde luego, no lo respetaba a él.

—¿Me darás alguna pista? —preguntó ella, apoyándose contra la puerta cerrada. Con la respiración entrecortada, se tenía que esforzar para contener la ira—. No, no me lo digas. No quiero saberlo. Sólo quiero que te vayas. ¿Cómo te atreves?

—¿Que cómo me atrevo?

—Mira, si crees que voy a quedarme aquí sentada actuando como tu cabeza de turco, estás muy equivocado. Si tienes algún problema con algo que he hecho, puedes dejármelo en el contestador.

—Pues tengo un problema, sí —dijo él, mostrándole

los dientes en una salvaje sonrisa. Tenía un problema con su boca y la necesidad superior a sus fuerzas de besarla.

—Éste es mi lugar de trabajo. ¿Qué te parecería que entrara como un torbellino en tu despacho pegando alaridos?

—No estoy pegando alaridos. Tú sí.

Era irritante, pero tenía razón. Fleur apretó los dientes y trató de recuperar el control de su tumultuosa respiración.

—¿Cómo sabías que estaba aquí?

—He preguntado.

Fleur enterró la cara en las manos y gimió. ¡Qué más podía pasar! No había posibilidad alguna de que no lo hubieran reconocido. La idea de ser el objeto de los cotilleos del personal le daba náuseas.

—Sabías que no quería que Tamara supiera lo de Finch. Lo sabías, pero decidiste no hacer caso a mis deseos. ¿Por qué? Aparte de por tu natural deseo de desdeñar mi autoridad por sistema.

—¿Me estás diciendo todo esto porque respondí a las preguntas de Tamara? —preguntó ella sin poder creerlo. Aunque sabía que no era por eso. Le quedaba claro que aquello era más bien una cuestión de sentar las bases. Se trataba de decirle que había traspasado las líneas invisibles a las que las mujeres con las que quería acostarse no podían acercarse a menos de ciento cincuenta metros.

Ella ya había vivido una relación desigual. Un escalofrío le recorrió la espina dorsal al pensar en lo cerca que había estado de empezar otra igual.

—¡Tu autoridad! Que sepas que no tienes ninguna sobre mí. Soy muy capaz de hacer mis propios juicios. ¡No eres mi padre!

—Pero sí soy el padre de Tamara.

–¡Y la compadezco por ello! –bufó ella.

–No pretendo ser el padre perfecto –dijo él con tono lúgubre.

–No tienes que ser *perfecto*… ¿o sí? Tal vez ése sea tu problema. Quieres ser el mejor en todo.

Antonio apretó los labios mientras la miraba a los ojos.

–No me interesa tu psicología barata. No sé la razón que te llevó a decirle a Tamara lo de su padre. Pero supongo que…

–*Tú eres* su padre.

La suave interrupción hizo que Antonio se detuviera, pero su tono no pareció suavizarse.

–Algo que tú decidiste ignorar al ir en contra de mis deseos expresos –le recordó él.

–Ahora comprendo lo que tiene que ser para un autócrata como tú.

–¡Yo no soy un autócrata!

La exclamación se oyó a lo largo de todo el pasillo. Fleur hizo una mueca de horror. Las paredes de aquellos edificios eran de papel.

–¿Te importa bajar la voz? –rogó en voz baja–. No voy a negar que le dije a Tamara que lo de que no tuvieras contacto con su otro padre no había sido idea tuya. Pero fue ella la que me lo dijo primero. No es estúpida. Lo había adivinado. ¿Qué se suponía que debía hacer? ¿Mentirle?

–Tengo que decirte que si ésa era la manera con la que pensabas congraciarte…

–¿Congraciarme? –dijo ella, frunciendo aún más el ceño–. No tengo ni idea de qué estás hablando.

–¿No?

–No.

–Pues deja que te lo explique. Creas un problema y después te prestas voluntaria a solucionarlo.

–¿Y para qué demonios iba a hacer algo así? –preguntó ella, atónita.

–Para utilizar la influencia que pareces ejercer en mi hija para hacerte un hueco en mi vida… hacerte indispensable...

–¡Tu vida! ¿De qué estás hablando?

Antonio ignoró el tono de incredulidad.

–Finges que te preocupa.

Fleur no podía creerlo. No sólo la había dejado entrar en sus vidas, sino que había alentado el contacto con ellos. La ira coloreó las pálidas mejillas de Fleur.

–Me preocupa de verdad.

–Pareces sincera, pero la sinceridad es tu fuerte, ¿no es así, Fleur? Eres una persona dulce, sincera, que sabe escuchar… –dijo él, pensando que él también se había dejado engañar por ella. ¿Cómo había dejado que ocurriera sabiendo como sabía que las mujeres siempre querían algo? Tal vez fuera porque no había estado pensando con la cabeza, sino con otras partes de su anatomía.

–¿Crees que utilicé a Tamara porque quería… porque quería ser parte de tu vida? ¿Crees que quiero ser parte de tu círculo mágico? –dijo ella, tragándose una risa irónica. Bueno, al menos ahora sabía lo que opinaba de ella.

–¿Te parece divertido?

–¡Divertido! Dios mío, si alguna vez soy tan cínica como tú, espero que alguien me saque de mi error. Sabía que tenías un alto concepto de ti mismo, pero esto debe de ser demasiado, incluso para ti. Odio destruir tu teoría de la conspiración, pero te juro que no me voy a casa cada noche pensando cómo hacerme millonaria. La gente normalmente no lo hace.

–¿Eso crees?

–¡Pobrecillo! –dijo ella con falsa comprensión–.

Supongo que tienes que quitártelas de encima con un palo. ¿Estás trabajando también en la teoría de que todas las mujeres que conoces quieren tu cuerpo... o es tu cuenta bancaria, no tu integridad, la que quieres preservar? Ah, sí, me encantaría llevarme un pedazo de tu fortuna porque ya veo lo feliz que te hace.

Una expresión de absoluta incredulidad atravesó los rasgos perfectos de Antonio.

–¿Tratas de decirme que sientes lástima de mí?

–No, me guardo la lástima para los que la merecen.

El agudo reproche lo hizo apretar la mandíbula aún más.

–Y el dinero no significa nada para ti, supongo.

–Pues claro que sí. Me gusta la seguridad de un techo sobre mi cabeza y poder comprarme algunas cosas a veces, pero lo único que consigue el dinero, al menos las ingentes cantidades que tú posees, es complicar las cosas. Las mujeres tienen otras necesidades, ¿sabes? No todas somos unas zorras conspiradoras. Algunas podemos pasar sin tener millones en el banco y sin sexo en casi dos años... –se detuvo, con el rostro vacío de toda expresión, mientras las horribles palabras flotaban en el aire. Habría dado cualquier cosa para retirarlas, pero no podía.

–Dos años es mucho tiempo.

Dímelo a mí, pensó ella, manteniendo el silencio bajo el escrutinio de sus ojos brillantes.

–Así es que no quieres mi dinero, sólo mi cuerpo.

–Era una forma de hablar –dijo Fleur, mirándolo con intenso disgusto.

–No, lo has dicho con el corazón.

–Mi corazón no tiene nada que ver con esto.

–Me deseas tanto como yo a ti.

Fleur apretó los dientes al oír la engreída inflexión en sus palabras. Quería gritar de frustración. Había hecho lo que se había jurado que no volvería a hacer, revelar su punto vulnerable.

—Es cuestión de hormonas, no del corazón —dijo ella con absoluto desprecio—. Y borra esa expresión de la cara. No te querría aunque vinieras en una caja de regalo con un lazo.

Aunque desenvolver el regalo tendría su encanto, pensó, sintiendo un lengüetazo de calor por la piel. Siguió apretando la mandíbula mientras lo miraba con toda la agresividad de que sería capaz un pequeño animal acorralado.

—Me gusta mi vida tal como es. ¿Por qué demonios querría la tuya, o a ti? Por si no lo has notado, Antonio, vienes con un gran bagaje emocional.

—Y tú eres una de esas mujeres que consideran que tener una familia es una carga poco deseable.

Su hipocresía le resultó insoportable.

—Y lo dice un hombre que no se ha parado ni un segundo, desde que sabe que es padre, a considerar lo afortunado que es.

—¿Afortunado?

—Sí, afortunado, *mucho* —dijo ella, notando que las lágrimas afloraban a sus ojos.

Antonio vio las lágrimas y frunció el ceño. Sabía que ocurría algo, pero también sabía que tenía que guardar silencio.

—Puede que una hija no se ajuste a tu imagen de playboy, pero algunas personas te envidiarían. ¿Tienes idea de cuántas personas desearían estar en tu lugar? Puede que te hayas perdido los primeros años de vida de Tamara, pero ahora la tienes contigo. Si no eres tan estúpido como para echarlo todo a perder, será parte de tu vida de ahora en adelante. ¿Sabes lo afortunado que me pareces? —le gritó, furiosa—. ¡Que la gente como tú no aprecie lo que tiene, me pone furiosa!

Se limpió las lágrimas con la mano.

—¿Cuánta gente quiere una familia y no puede tenerla? ¿Cuánta gente tiene una y pierde a un ser…?

Llorando a lágrima viva se cubrió la boca con la mano y cerró los ojos. El sonido de sus sollozos llenó el silencio que sobrevino.

—¿A quién perdiste, Fleur?

—Tuve un aborto…

Antonio nunca había experimentado un cambio de humor tan drástico. Miró su cabeza gacha y experimentó el deseo arrollador de calmar su sufrimiento.

—Fue un embarazo difícil… al parecer estas cosas pasan sin motivo aparente —explicó, aceptando el pañuelo que él le puso en la mano.

Sus ojos se encontraron, y Fleur vio compasión en ellos, pero en su estado la confundió con lástima. La lástima era algo que no podía aceptar, que nunca aceptaría. Inspiró profundamente y trató de fingir calma.

—Ocurrió hace dieciocho meses, y no quiero hablar de ello.

Antonio estudió su rostro un momento y asintió casi imperceptiblemente.

—Perfecto, entonces pensemos en algo cercano a nuestros corazones… el sexo.

—No puedo creerlo. ¡Eres un asqueroso oportunista!

—No quieres mi compasión. Te ofrezco algo que sí quieres. ¿No te parece infantil, dadas las circunstancias, seguir fingiendo que no necesitamos hacerlo?

—¡Qué ha sido del romanticismo! El encanto de antaño está ausente de la vida moderna. Ahora sé por qué ninguna mujer se te resiste —y con una mirada de absoluto desdén, salió de la sala.

Capítulo 11

CUANDO llegó al aparcamiento, sólo quedaba su coche. Se metió la mano en el bolsillo, pero no encontró la llave. Apoyó entonces la cartera de los papeles en la cadera y empezó a buscar a tientas, sin éxito. Se vio obligada a vaciar el contenido sobre el capó y por fin encontró el llavero. Lo vio sólo un segundo antes de que resbalara y desapareciera por una ranura de la alcantarilla.

Fleur se llevó las manos a la cabeza y dejó escapar un gemido de incredulidad antes de ponerse de rodillas, ajena al hecho de que estaba arrastrando el abrigo por el suelo mojado. A través de la ranura vio lo que le pareció el brillo del metal. Trató de retirar la pesada tapa, pero se convenció de que era inútil. Se sacudió entonces las manos y se apoyó en los talones.

–Estupendo. ¡Un día perfecto! –dejó escapar un suspiro y notó que las lágrimas de autocompasión afloraban a sus ojos–. Alguien la tiene tomada conmigo...

Se detuvo al ver que un par de relucientes zapatos se acercaba a ella.

–¿Me estás acosando? –tuvo que alzar la voz para oír a través del estruendoso latido de su corazón.

–He venido a disculparme.

Una excitación sin límites no era la reacción de una persona cuerda al oír la voz del hombre que más despreciaba. Pero la cordura no tenía nada que ver con lo que ella sentía cuando estaba con Antonio.

–Disculpa aceptada, y ahora vete –gruñó ella sin levantar los ojos del suelo.

–Antes...

–¿Sabes lo que es una cadena de rumores? ¿Tienes idea de las muchas versiones que están circulando sobre lo que pasó *antes?* Hasta hoy, cuando pasaba por los pasillos, nadie murmuraba. Y tengo que decirte que me gustaba. Puede que a ti te guste vivir en una pecera, pero a algunas personas nos gusta la intimidad.

Una expresión de incredulidad cubrió el rostro de Antonio, fijo en la sedosa cabeza de ella. Según su experiencia, las mujeres eran muy conscientes del efecto que tenían sobre el sexo opuesto.

–Si creías que alguna vez habías pasado inadvertida, eres muy ingenua –Antonio apretó las manos a ambos lados de su cuerpo, viendo pares de ojos anónimos siguiendo todos sus movimientos con mirada ansiosa.

La fuerza contra la que Fleur trataba de luchar se hizo irresistible, y alzó los ojos hasta su rostro moreno. Iluminado a su espalda por la pálida luz de seguridad, su rostro era un fascinante juego de ángulos y huecos. Tenía un aspecto peligroso, complicado y más atractivo que nunca.

–¡No soy una ingenua! –exclamó.

–Está bien, no eres ingenua –dijo él, apartando la vista de ella. Su tono parecía indicar que estaba harto de la conversación. Pero su actitud condescendiente no hizo sino picarla más.

–No me des la razón. No soy una niña.

–Pero si no eres una ingenua, es que vives en un mundo paralelo –sometió su rostro a una inspección detallada antes de continuar, con voz rasposa–: Porque, créeme, en este mundo, a ningún hombre le pasa inadvertida una mujer con tu aspecto.

–Soy del montón.

–Tienes una piel perfecta –dijo él, y Fleur se quedó de piedra al ver que se ponía en cuclillas a su lado. Sus ojos se cerraron levemente al notar que Antonio le pasaba un dedo por la curva de la mejilla–. Y sedosa –susurró.

–Muy gracioso –dijo ella con voz entrecortada al tiempo que giraba la cabeza para romper el debilitador contacto.

–¿He mencionado tu boca?

Su voz era la pura seducción. El tono rasposo hablaba de deseo. Fleur abrió los ojos y lo miró desafiante.

–¿Qué le pasa a mi boca? –preguntó ella, llevándose los dedos a los labios, riéndose aunque estaba aterrada.

–Nada –dijo él con el mismo tono bronco.

Y sin tiempo más que para alzar los ojos preñados de pasión hacia los suyos, Antonio se puso rígido de repente.

–¡Levántate! –ladró–. Por Dios, mujer, no soy de piedra. No puedo pensar contigo aquí abajo. O mejor dicho, no puedo pensar –añadió con gesto de desdén hacia sí mismo.

Cuando se dio cuenta de qué había querido decir, Fleur notó que su temperatura aumentaba. Abrió mucho los ojos en protesta cuando Antonio la tomó del brazo y la levantó. Con los dientes apretados, Fleur miró la mano que seguía ciñéndole el brazo, pero Antonio hizo caso omiso.

–Me he disculpado. ¿Qué más quieres que haga?

Besarme no estaría mal, pensó ella. No podía seguir mirando aquellos labios tan sensuales si no quería terminar de derretirse. Así es que bajó la vista, decidida a recuperar el control.

–Irte de aquí no estaría mal, para empezar –dijo con

toda la frialdad de que fue capaz a pesar de lo caliente que estaba por dentro–. Después de todo, no queda nadie, y lo divertido de llamar a alguien zorra calculadora es que los demás puedan oírlo.

–He hablado con Tamara…

–¡Estupendo! Es una pena que no lo hicieras antes de irrumpir aquí acusándome...

–Ella me lo explicó mejor.

–Tal como yo intenté. Supongo que ella también lo intentó, pero tampoco la escuchaste. Oíste lo que querías oír, es decir, que soy una zorra conspiradora. ¿Qué ocurre, Antonio? ¿Me estaba acercando demasiado?

Fleur, que tenía la vista fija en el suelo, no vio el rostro de Antonio al dar en la diana con su comentario.

–Yo no… –maldijo algo con impaciencia mientras le tomaba la barbilla con una mano y le acercaba el rostro al suyo–. Es muy difícil hablar a la coronilla de una persona –sus dedos subieron entonces a su cabeza y dejaron que el cabello sedoso se enredara en ellos. Sonriendo burlonamente, dejó caer la mano hasta su cadera.

–Como estaba *tratando* de decir, no siempre actúo muy racionalmente cuando estoy contigo –continuó–. Y creo que los dos sabemos por qué… puede que mi reacción fuera exagerada.

–¿*Puede*…? ¿Eso crees? ¿Y qué es lo que los dos sabemos? –preguntó esto último un tanto perpleja.

–Los dos sabemos que no es fácil ser objetivo cuando tratas con alguien con quien no dejas de imaginarte desnudo en la cama.

–¿*Desnudo?* –repitió ella, sonrojándose.

–Es como suelo estar cuando me acuesto con una mujer hermosa.

–No quiero oír lo que haces con otras mujeres –dijo, dándose cuenta demasiado tarde que sus palabras podían entenderse como una admisión de que ella era una de ellas–. Pobres idiotas, qué equivocadas están. Me compadezco de ellas.

–No quiero hablar de otra mujer que no seas tú. No deseo a ninguna otra mujer que no seas tú. No finjas que no sabes de qué estoy hablando. O que tú no has pensado lo mismo que yo.

–¿Pretendes decir que si te imagino desnudo?

–¿Me estás diciendo que no es cierto?

–Dios mío, para ti todo es sexo –dijo ella, consciente de que era mejor no entrar en ese terreno.

–Todo no, pero me cuesta pasarlo por alto cuando pienso en ti.

–Y ahora creerás que tu franqueza me resulta entrañable.

–De verdad piensas que soy calculador –dejó escapar una risa ronca–. Que no puedo funcionar a un nivel básico. Tú… –sacudió la cabeza–. No tengo palabras para expresar lo que me estás haciendo.

Se sostuvieron la mirada unos segundos y, de pronto, toda la rabia y el resentimiento de Fleur se desvanecieron.

–Tú también estás haciendo de mi vida algo miserable –admitió ella con tono ronco.

–¿Y qué sugieres que hagamos al respecto, querida?

–No podemos hacer nada –dijo ella, sacudiendo la cabeza a punto de echarse a llorar–. Todo esto está condenado al fracaso antes de empezar. No confías en mí. *Yo* no confío en mí. No suelo tener aventuras. Y eso es lo único que haces tú.

–¿Me estás diciendo que esperas un anillo? –preguntó, incrédulo.

–¿Acaso te parezco estúpida? Estamos hablando de sexo… y no es necesario casarse para practicarlo –dijo ella. La gente se casaba por amor, o eso creía, pero al parecer su condena era haberse enamorado de un hombre que nunca sentiría lo mismo por ella.

—Me gustaría hacer mucho más que hablar.

Fleur ignoró el gemido que acompañó a sus palabras, y retiró la vista.

—Te casas para tener algo duradero y, además, yo… bueno, lo cierto es que no soy… buena en la cama. Puedo vivir sin sexo. Y creo...

—¿Puedes vivir sin sexo? —preguntó él, sujetándola por ambos brazos y tomándola en los suyos.

Dejándose caer sobre su pecho con un grito contenido, Fleur levantó la vista hacia él.

—A mí me funciona —insistió.

—No creí posible… —observó él, mirándola con ojos incisivos—, que una mujer fuera tan estúpida como tú.

—¡Sólo soy práctica! —protestó ella, luchando para huir de la hipnótica mirada de sus ardientes ojos azules.

—Práctica —dijo con desdén—. No necesitas ser práctica, ¡me necesitas a mí!

Y sin darle tiempo a quejarse más, le arrolló los labios con devastadora habilidad.

Tras unas milésimas de segundo de resistencia, Fleur se fundió con él. Su mente y su cuerpo parecían afinados para seguir el mismo ritmo que él imponía. Fue un beso abrasador. Y cuando terminó, Fleur se sintió como una maraña de terminaciones nerviosas instigadas por un insaciable deseo.

Sosteniéndose la mirada, el silencio se apoderó de ellos hasta que Antonio lo rompió y, tomándola por los hombros, la apartó de él.

—Sugiero —dijo, dándose la vuelta—, que vayas a casa y pienses de qué puedes prescindir en tu vida porque, créeme, no es del sexo.

Capítulo 12

ANTONIO saludó con la cabeza a los contratistas que habían llegado esa mañana con una orden sobre algo relacionado con el saneamiento de una zona boscosa descuidada. Había avanzado unos metros cuando comprendió el significado de algunas palabras que había pillado al vuelo.

Se giró con gesto adusto. Los dos hombres que estaban comiendo guardaron silencio al ver que se acercaba a ellos.

–¿Han dicho algo de un fuego? ¿Cerca de la iglesia?

–Sí, la pequeña casita al final de la calle. La compró una chica que no era del pueblo. Ha quedado reducida a cenizas –dijo el mayor de ellos.

–¿Ha habido heridos?

Para su frustración, no supieron decirle. Apretó el paso de vuelta a su casa. A unos metros, echó a correr.

Los bomberos se habían ido.

–Sandy, creo que no tenemos casa –dijo, mirando los restos carbonizados de su casa.

El perro agitó la cola, y Fleur envidió su felicidad. Los bomberos le habían recomendado que hablara con la compañía de seguros lo antes posible. Aunque lo malo era que no sabía muy bien qué compañía era, y se temía que los datos habían ardido junto con el resto de la casa.

–Hay que ver las cosas con perspectiva, Sandy. Esto es algo malo, pero no ha habido heridos, por lo tanto no ha sido una tragedia.

–Tu actitud filosófica es admirable.

Fleur se puso en pie de un salto y se giró ciento ochenta grados.

–¡*Tú...!* –dijo, conteniendo la respiración.

–Tienes la cara negra.

–Lo creo –dijo ella, llevándose inconscientemente la mano a la mejilla, añadiendo un nuevo tiznajo–. Pensé que Sandy estaba dentro e intenté... pero el humo era...

Se detuvo, cerró los ojos e inspiró profundamente. Al abrirlos, Antonio seguía allí. No era producto de su imaginación.

–Pero Sandy no estaba dentro, así que pensé que todo estaba bien. Aparte de que mi casa es un montón de cenizas... pero los bomberos dijeron que podía haber sido peor. El tejado está muy mal, y hay mucho humo dentro, pero me han dicho que podría haber sido peor, y ellos saben de lo que hablan. Hay que tomarse las cosas con perspectiva... ¿Ya lo he dicho? ¿Estoy balbuceando?

–Sí.

Los increíbles ojos azules de Antonio la miraban con tanta calidez que le entraron ganas de llorar. Giró la cabeza. Su casa se había quemado, y tenía que mantener la entereza. Antonio sentía lástima por ella, y ella quería gritar. No era racional. Con suerte, su locura sería algo temporal aunque, de pronto, tuvo la absoluta certeza de que sus sentimientos por Antonio no lo eran.

Cuando volvió la cabeza, Antonio miraba la casa con expresión lúgubre.

–Creen que ha podido ser una vela. Dejé una vela

en el dormitorio. Era perfumada, con olor a lavanda. Dicen que la lavanda es relajante, pero no lo ha sido en esta ocasión –se mordió el labio a punto de la histeria.

Lo cierto era que Antonio también tenía un aspecto extraño. Aunque en su caso era un aspecto extraño dentro de su estilo arrasador, en vez del estilo torpe y balbuciente de ella.

–¿Has oído las sirenas y por eso has venido?

Antonio no le había parecido nunca el tipo de persona que se quedaba parado al ver un accidente.

–Vinieron rápidamente. Los bomberos son maravillosos –continuó, pero entonces se detuvo y tragó–. Pero la verdad es que no sé qué voy a hacer –confesó.

–Vas a venir a casa conmigo.

–No lo creo… –Antonio abrió los brazos, y ella se acurrucó en ellos–. Creo que no puedo hacer otra cosa.

Antonio le acarició el pelo, murmurando palabras de consuelo en español mientras ella sollozaba contra su pecho. Había algo liberador en el acto de soltarse después de toda una vida conteniéndose. Su pecho tenía una solidez reconfortante y, aun cuando la tormenta hubo pasado, se sentía reticente a abandonar su calidez.

–Lo siento –dijo finalmente, levantando la cabeza y apartándose de él. Antonio dejó caer los brazos mientras que Fleur se sintió terriblemente desamparada fuera de sus brazos.

–No tienes que disculparte.

–No soy de ese tipo de personas que *lloran* por todo.

–No eres la única. Los británicos suelen reprimir sus emociones.

–Hoy no –dijo ella, mirando hacia la casa incendiada mientras se abrazaba a sí misma–. Es extraño, pero parece que no puedo dejar de temblar.

Maldiciendo, Antonio se quitó el jersey que llevaba.

—Estás en estado de choque —dijo él, poniéndoselo por la cabeza. Le llegaba a las rodillas. Le remangó las mangas y retrocedió un paso para ver cómo le quedaba.

Ella sabía que debía parecer un payaso, pero él no se estaba riendo.

—Tendrás frío —se quejó ella, abriendo las aletas de la nariz para inspirar la fragancia única.

—No, estoy tibio. Toca —dijo, tomándole la mano y posándola en su pecho.

Fleur notó la familiar sensación de vértigo.

—Sí, —dijo ella, presionando la sólida pared de cálido músculo—. Debería llamar a la compañía de seguros.

Antonio cubrió con sus manos la de ella, aún sobre su pecho.

—Todo a su tiempo —dijo con un tono apropiado para niños desobedientes o caballos muy tensos—. Ahora mismo creo que deberías venir conmigo.

—¿Lo decías en serio? —preguntó ella, ladeando la cabeza.

—¿Dudas de mi sinceridad o de mis motivos?

La pregunta la hizo sentir mezquina y maleducada.

—Temes por tu virtud si estás bajo mi techo —añadió él.

—¡Con esta pinta! —dijo ella, haciendo un gesto hacia abajo con una carcajada.

Antonio no se rió, sin embargo. Se limitó a mirarla hasta que, finalmente, fue ella la que rompió el silencio.

—No quiero ser una molestia —consiguió decir—. Pero tengo que admitir que agradecería un sitio para pasar la noche. Mañana buscaré un lugar que admita perros. Mañana tendré que hacer muchas cosas.

—Ya veremos lo que ocurre mañana.

Fleur, que se sentía exhausta, no pudo por menos de reconocer que esa actitud de viva la vida no era propia del Antonio Rochas que conocía, pero estaba demasiado cansada para hacer la observación en voz alta. Ni siquiera protestó cuando sintió que le ponía la mano bajo el codo para guiarla hasta su coche.

–Abróchate el cinturón.

–El perro. Te va a destrozar esta maravillosa tapicería.

Antonio la miró a los ojos aturdidos y sonrió.

–Te pasaré la factura.

Al inclinarse sobre ella para abrocharle el cinturón, Fleur cerró los ojos.

–Hueles tan bien. Eso no lo he dicho, ¿verdad? Yo debo oler a humo. Había mucho humo.

–Cierra los ojos.

–Posiblemente me quede dormida, y tengo que arreglar muchas cosas –dijo ella, riéndose ante la sugerencia.

De hecho se quedó dormida, y cuando se despertó, se sentía extrañamente desconectada de lo que ocurría a su alrededor. Sonrió, y dio las gracias varias veces. Se le llenaron los ojos de lágrimas al ver lo amable que eran todos. Comió mecánicamente cuando Antonio la instó a hacerlo. En todo momento tuvo la sensación de ser una mera espectadora, observando lo que ocurría a su alrededor en vez de participar en ello.

Mucho después, estaba metida en la cama cuando Tamara abrió la puerta y entró.

–No estás dormida, ¿verdad? –susurró–. Porque si te despierto, me estará persiguiendo hasta que cumpla los cincuenta.

Fleur se apoyó en un codo, y le aseguró a la chica que estaba totalmente despierta.

–Estaba durmiendo en mi habitación, pero he pen-

sado que te gustaría tenerlo aquí... buen chico...
—animó al perro a subir a la cama, dando unas palmadas
sobre la colcha.

—Sí, me gusta, gracias —dijo ella, conmovida—. ¿Qué
hora es?

—Las nueve y media.

—Debería...

—No, no deberías levantarte, y si alguien... se en-
tera de que te he despertado, me meteré en un buen lío.

—No me gustaría que te metieras en líos.

—No —dijo la chica, una llama de buen humor ilumi-
naba su rostro—. Ya lo hago bien yo sola. Bueno, te dejaré dormir. Siento mucho lo del incendio, pero me
alegro de que estés bien.

—Yo también. Y gracias —dijo, señalando al animal,
que se estaba acurrucando a los pies de la cama.

Fleur empujó la puerta, que cedió hacia dentro sin
hacer ruido. Inspiró profundamente y pensó que si se
equivocaba de habitación sería muy ridículo.

Si no fuera porque la pasión la consumía, una pasión que nadie le había provocado antes, se daría
cuenta de que se estaba prestando a un horroroso re-
chazo. Pero había decidido correr el riesgo. La alternativa era ignorar sus instintos, no hacer nada y no saber
qué habría podido pasar.

La habitación era grande, y la única iluminación
provenía de una lámpara situada en el escritorio. Aparte
de unas cuantas pinturas modernas sobre las paredes
de un tono pálido, no había grandes adornos. Era una
habitación bastante austera. Contenía unos cuantos muebles de roble hechos a medida de estilo contemporáneo
y unas cuantas alfombras de colores vibrantes sobre el
suelo de madera pulida.

Los pesados cortinajes no estaban echados, dejando a la vista unos grandes ventanales, y a Antonio delante de ellos, su alta silueta contorneándose contra la oscuridad de la noche.

El impacto de su imprudente y lascivo plan estalló en su cara cuando Antonio se dio la vuelta. Se quedó paralizada, como un animal sorprendido por los faros de un coche. Sin embargo, no parecía sorprendido.

Era casi como si la hubiera estado esperando, lo que era una locura porque ni ella misma sabía que iba a hacerlo hasta hacía cincos minutos. Tal vez su instinto le hubiera dicho que eso iba a pasar, igual que a ella.

−Vi la luz encendida... No estás dormido.

Por alguna razón pareció encontrar gracioso el comentario. Pero su risa no alcanzó sus ojos. La tensión que vio en ellos reverberaba en la rigidez de su postura. Se pasó una mano por la mandíbula, ensombrecida por la barba incipiente, una expresión de cautela en vez de bienvenida.

Fleur se quedó mirando la sombra oscura de la barba, sintiendo una comezón en las puntas de los dedos al imaginarse acariciando la potente curvatura de su mandíbula. Se preguntó qué sensación tendría sobre otras partes de su cuerpo.

−Y tienes el pelo mojado.

−Acabo de darme una ducha −Antonio elevó las comisuras de los labios, pero seguía estando tenso.

−Es tarde para darse una ducha −dijo ella, pensando que también lo era para salir de su habitación y recorrer una casa extraña.

−Una ducha fría.

Fleur contuvo la respiración al reconocer el primer signo de aliento.

−¿Y ha funcionado? −bajó la vista, y la subió apresuradamente al encontrar la respuesta a su pregunta.

–Como ves, no mucho –dijo él, sonriendo abiertamente mientras ella se sonrojaba violentamente–. ¿Y me estaba duchando mientras tú vagabas, con ojos soñolientos, por la casa?

Aunque lo cierto era que no había nada de soñoliento en sus tremendos ojos. La determinación y la temeridad brillaban en sus profundidades, pero lo esencial era un deseo brutal con el que Antonio se identificaba plenamente.

–Soy consciente de lo que hago. No soy sonámbula. Lo he pensado mucho antes de venir.

–No se puede confiar en lo que uno piensa a las dos de la mañana –dijo él. ¡Podrían arrestarlo por lo que él estaba pensando en ese momento! Con aquel maravilloso pelo suelto cayéndole sobre los hombros, era la tentación personificada.

–Me he despertado y me he dado cuenta de que hoy podía haber muerto. ¿Te das cuenta…?

Antonio apretó los nudillos hasta que hizo desaparecer la sangre de ellos.

–Me he dado cuenta –dijo él. *Darse cuenta* le provocaría pesadillas durante los próximos cincuenta años.

–Le hace pensar a uno… que nunca se sabe lo que puede ocurrir.

¡El hecho de que esa irritantemente escurridiza mujer entrara en su habitación en plena noche correspondía a esa categoría de cosas que uno nunca imaginaría que podrían ocurrir!

–Y que lo digas.

–Y sería horrible pasar los últimos momentos de tu vida lamentando las cosas que *no hiciste* nunca –Fleur estudió el rostro de Antonio, en busca de una reacción–. ¿Comprendes lo que quiero decir?

–¿Por eso has decidido hacer todas esas… *cosas*?

Asintió.

–Y has decidido que éste es tan buen momento para empezar como cualquier otro –dijo con tono opaco.

–Pensé que tal vez tú… No quiero presionarte, claro. Probablemente estés pensando que te dije que no era muy buena en la cama…

Se hizo el silencio, y Fleur pensó, consternada, que ésa era una forma educada de rechazarla.

–No, no eso lo que estoy pensando. Presionarme… –Antonio atravesó la habitación en dirección a ella–. ¿Presionarme…? –repitió, tomando acto seguido el rostro de Fleur con ambas manos–. ¿Quieres saber lo que es una verdadera presión para mí, querida? –preguntó, levantándole la cabeza con una mano.

Un deseo primitivo ardía en sus ojos azules. No dejó de mirarla mientras la estrechada contra su cuerpo, levantándola como si no pesara, hasta que las caderas de ambos quedaron al mismo nivel.

–Esto es presión –dijo él, arrastrando las palabras. Fleur gimió, y sus ojos se cerraron al notar el latido de la erección contra su estómago–. Esto es lo que me haces. He sentido esta presión desde la primera vez que te vi –añadió con tono rasposo.

–¿Y aún quieres hacer algo para solucionarlo? –consiguió preguntar ella.

El brillo en sus ojos azules la aturdía. Trató de alejar la mirada, pero no pudo. Aquellos ojos la atraían como un imán… *él* la atraía como un imán.

–Esto –Antonio le tomó el rostro suavemente entre las manos.

–Esto es muy agradable… –susurró ella mientras notaba cómo le besaba las comisuras de los labios, un beso leve como el aleteo de una mariposa que hizo hervir el deseo líquido en su vientre.

Giró entonces la cabeza y le besó el punto donde se

encontraba el pulso en su deliciosa garganta. Ella lo miraba tras la cortina de pestañas, la visión un poco borrosa al oírle decir:

–Eres tan hermosa. He soñado…

–¿Con qué has soñado?

–Con estar dentro de ti –explicó él, introduciendo acto seguido la lengua en sus labios entreabiertos.

Fleur gimió dentro de su boca y le devolvió el beso.

Las manos de Antonio descendieron por su espalda hasta los glúteos, y desde ahí la atrajo con fuerza hacia él.

–Hazme el amor, Antonio –la sensual invitación que vio en sus ojos dorados lo dejó sin aliento.

–¿Qué llevas debajo de esto? –preguntó, introduciendo la mano por el cuello del albornoz.

–Bueno, me dieron un camisón de Tamara, pero no me parecía muy apropiado dadas las circunstancias… así es que me lo quité.

–Lo que quiere decir que no llevas nada –su sonrisa ardía.

–Así es… ¿qué haces?

–Esto –ronroneó él, tirando del cinturón. Fleur hizo ademán de cerrarlo, pero Antonio fue más rápido.

La tomó por las muñecas y, sacudiendo la cabeza, las dejó caer a lo largo de sus costados.

Fleur permanecía allí de pie, jadeando como si hubiera corrido un montón de kilómetros, oyendo el estruendoso latido de su corazón.

En ningún momento había dejado Antonio de mirarla a los ojos. Su expresión era tensa, sus increíbles ojos azules relucían fieros pero tiernos al mismo tiempo mientras soltaba lentamente sus muñecas y, con la misma lentitud, deslizó la prenda por sus hombros.

El albornoz cayó al suelo, y Fleur cerró los ojos, abrumada de pronto por todas sus inseguridades. Allí estaba ella, desnuda, delante del que posiblemente fuera el hombre más perfecto del planeta. Recordó las dolorosas indirectas de Adam sobre su figura, si tenía demasiado o demasiado poco, dependiendo de la famosa con quien la comparase. Pensar que Antonio se había acostado con esas mujeres perfectas hacía aún más doloroso el recuerdo.

—Abre los ojos.

—Por favor, deja de mirarme. Yo… yo soy… —estaba allí de pie con los ojos cerrados, mientras febriles temblores asaltaban su cuerpo.

Antonio le tomó el rostro entre las manos. Tan cerca de ella que podía sentir la tibieza de su aliento.

—Muy hermosa, eso es lo que eres. Mi hermosa y fascinante sirena —susurró—. Abre los ojos y mírame… —dijo, tratando de convencerla.

Ella obedeció, y se encontró con la ardiente mirada de él.

—Eres lo más hermoso que he visto en mi vida.

Se podía mentir con las palabras, pero los ojos eran las ventanas del alma, y los suyos le decían todo lo que necesitaba saber.

—Dios, cuánto he soñado con esto —confesó con una voz insondable, y Fleur tomó conciencia del deseo que se arremolinaba en su pelvis—. Con estar dentro de ti.

Fleur notó que sus ojos se habían oscurecido tanto, que parecían negros, mientras sentía que la tomaba fuertemente entre sus brazos y pronunciaba su nombre con su voz grave aunque no demasiado firme, y a continuación la besaba.

Apenas notó que la levantaba del suelo hasta que sintió que la depositaba sobre la enorme cama. Tumbada de espaldas, con un brazo doblado por encima de la cabeza, el pelo suelto sobre las sábanas enmarcando su rostro sonrojado por la pasión, estaba tan hermosa que sentía que las manos le temblaban al desatarse su propio albornoz. Recorrió con la mirada la blanca piel, deteniéndose en la exquisita cumbre entre sus muslos y los temblorosos pezones rosados de sus firmes pechos.

Su autocontrol descendió un par de grados más cuando ella extendió un brazo hacia él y sonrió lánguidamente.

–Ven aquí.

–¡Dios mío! –gimió él, apartando de una patada el albornoz a sus pies–. No te imaginas lo que siento con sólo mirarte.

La sonrisa que lo estaba volviendo loco se demoró un rato más en los labios de ella mientras su inquieta mirada se posaba en las líneas firmes de su torso atlético, admirando el maridaje perfecto entre gracia y fuerza. En sus poderosos hombros y más abajo; en su firme y plano vientre donde se dibujaba el contorno de unos definidos músculos; y más abajo aún. La respiración contenida y la forma en que abrió los ojos llevaron el autocontrol de Antonio hasta el límite.

Cuando se tumbó junto a ella, tenía la respiración entrecortada. La besó en los labios, y sintió el espasmo que recorrió el cuerpo de ella mientras le rozaba uno de los hinchados pezones.

–Eres tan sensible –observó, apoyándose en un codo sin dejar de mirarla. Entonces inclinó la cabeza y le lamió la rosada areola.

–¡Dios mío! –exclamó ella, observando la erótica escena.

Tenía los dedos entre el cabello oscuro mientras éste dibujaba una línea con la lengua entre ambos pechos y posaba la mano en la curva de su estómago. Entonces empezó a depositar un reguero de besos por todos aquellos puntos donde la iba acariciando.

–Tengo que… necesito…

–¿Qué necesitas? –preguntó él, introduciendo la mano entre la sedosa cara interna de sus muslos–. ¿Esto, querida mía?

Fleur dejó escapar un gemido de placer cuando notó que sus dedos entraban en ella, hasta el centro mismo de su feminidad y su deseo.

–¿O esto? –preguntó él y, retirando la mano, la sustituyó por su miembro.

Una vara suave como el terciopelo, caliente y dura.

La ola de calor que la recorrió mientras sus dedos se crispaban sobre él, sintiendo la presión del miembro dentro ella, era puro deseo.

Con un gruñido salvaje la hizo rodar sobre su espalda. Deslizando las manos bajo sus glúteos, le levantó las caderas y él se colocó entre sus piernas. Ella arqueó la espalda y lanzó la cabeza hacia atrás, mirándolo con los ojos entreabiertos.

–Por favor, Antonio… necesito…

La súplica entrecortada fue el golpe de gracia. No pudo resistir más la primitiva necesidad que latía en sus venas, y con una embestida suave penetró en ella hasta la base, arrancándole un pequeño grito.

Antonio se puso tenso pero, a pesar de la necesidad que todo su cuerpo le gritaba, se mantuvo firme. Temiendo haberle hecho daño, pronunció su nombre.

Ella abrió los ojos. Y lo miró; había ardor en ellos. Estaba caliente, por dentro y por fuera. Sintió que se ahogaba. La sensación de tenerlo dentro, aquella vara de terciopelo, no se parecía a nada que hubiera experimentado o imaginado.

–No te pares.

Él respondió con un sonido gutural, algo en español que ella no entendió. Aunque aquella comunicación no requería palabras. Antonio empezó a moverse, y ella se sujetó a la piel sudorosa de su espalda.

Fleur gemía dentro de su boca, arqueándose para facilitarle la entrada en sus confines mientras el ritmo se aceleraba… hasta que los dos fueron uno. Entonces, cuando ya sentía que no podía sentir más placer, su mundo estalló, demostrándole lo contrario.

Antonio sintió el orgasmo de ella, los espasmos, escuchó su gutural grito de sorpresa y la vio abrir los ojos segundos antes de soltarse dentro de ella.

La retuvo en sus brazos hasta que recuperaron la respiración y sus cuerpos se enfriaron. Ella tenía la cabeza apoyada en su pecho.

Entonces la levantó y le sonrió. Estaba resplandeciente, tanto que lo dejó sin aliento.

Capítulo 13

SIETE semanas –dijo Huw en un tono entre interrogativo y maravillado.

–No sabía que las estuvieras contando.

–¿Estás de broma? Estás viviendo con una mujer. *¡Tú!*

–Según Fleur, no. Según ella compartimos la cama.

Huw estudió a su amigo, la frustración y la insatisfacción de su rostro, y sonrió.

–¿Y no es lo mismo?

–Según Fleur, no.

–Te está manteniendo a distancia, ¿eh? –Huw parecía encontrarlo divertido–. ¿Y qué esperabas con tu reputación? Es una chica sensata.

–Estoy inmensamente agradecido de que apruebes mi elección de compañera.

Huw empezaba a sonreír al oír la ácida contestación cuando se detuvo.

–Compañera… ¿quieres decir futura esposa?

Al ver la expresión de Antonio, Huw se dejó caer débilmente en una silla.

–Que me… ¿Cuándo es la boda?

Antonio recordaba la conversación que había tenido lugar una semana atrás con expresión miserable. Para demostrarle que seguía contando los días, su amigo le había mandado un conciso e-mail cada día: *Ocho semanas. ¿Cuándo se lo vas a pedir?*

Era una pregunta razonable. Fleur lo amaba. Él lo sabía. ¿Era un estúpido por esperar a que se lo dijera? El viaje a Andalucía, largamente pospuesto, sería el momento perfecto para pedirle que fuera su esposa. Su esposa, la mujer que le había enseñado a confiar de nuevo, algo que nunca habría creído posible.

Todas las mañanas había salido a despedirle a la puerta. La estaba viendo allí de pie en el camino de grava, con el cabello suelto ondeando al viento, la delgada bata ceñida a la cintura, dejándole adivinar cada una de sus suaves y femeninas curvas.

Sus ojos se oscurecieron al recordar la forma en que le había rodeado el cuello con los brazos, enredando los dedos en su pelo, presionando contra él con su cuerpo suave, para besarlo con una pasión y una desesperación abrumadoras.

Al apartarse de él, había visto algo en sus ojos, una profunda tristeza que le había hecho muy difícil querer apartarse de ella.

Antonio había estado pensando en ello toda la mañana. Tenía que averiguar qué pasaba.

Fleur acababa de colgar el móvil cuando se acercó a su espalda. Tomándola por la cintura, la abrazó y exploró con la mano libre por debajo de la chaqueta que llevaba puesta, y aun por debajo de la camisa. Le besó el lóbulo, y ella dejó escapar un relajado suspiro.

–Estaba pensando en ti –dijo ella.

–Estás preciosa –dijo él, depositando pequeños besos en su garganta–. Bonito traje. Voy a disfrutar mucho quitándotelo...

Su seductora voz hizo que le temblaran las rodillas.

–No he terminado de arreglarme –protestó, extendiendo la pierna desnuda para ilustrar sus palabras.

Él deslizó una mano debajo de la falda y acarició la sedosa piel del muslo.

–¿Llevas algo ahí debajo? –preguntó, ascendiendo.

–¡Por supuesto! –chilló ella, gimiendo a continuación al notar los dedos de él jugueteando con el encaje de sus bragas.

–Es una pena, estaba un poco excitado.

–Puedo notar lo excitado que estás –respondió ella con voz opaca–. Pero no te hará ningún bien. Voy a comer con Jane, ¿recuerdas?

Se detuvo, y contuvo el aliento mientras él la hacía girarse y, tomándola en sus brazos, la besaba largo y tendido. Un beso que la hizo derretirse por dentro.

–Antonio, ¿qué estás haciendo aquí? –preguntó cuando se apartó de ella–. No es que me queje –apoyó la cabeza en el pecho de él.

–He olvidado algo –dijo él, enredando los dedos entre su cabello–. Te diría que no te cortaras el pelo nunca, si no fuera porque sé que tu reacción sería ir y afeitarte la cabeza. A lo mejor tengo que emplear psicología opuesta contigo. Prohibirte que me toques. ¿Eso haría que te pegaras a mí como cola?

–¿Crees que podrás aguantar que me sanee las puntas?

–Aunque estuvieras calva, seguiría siendo tu adorador esclavo.

«Podría aguantar cualquier cosa siempre y cuando estés conmigo».

–¿Has dicho que has olvidado algo…?

En el tiempo que llevaba viviendo con él, había aprendido que Antonio nunca olvidaba nada. Fleur se detuvo en seco. Ni siquiera en la intimidad de su mente podía permitirse decir que vivían juntos. Vivir juntos era el siguiente paso a lo largo del camino del compromiso en una relación entre dos personas. Lo que Antonio y ella tenían no llevaba a ninguna parte.

Antonio no había accedido a ningún compromiso. Ella estaba allí por las circunstancias. Era algo temporal. Cuando se sentía tentada de decirle cuánto lo amaba, y lo vacía que sería su vida sin él, se recordaba que era temporal. Dolía pero funcionaba.

El hecho de que hubieran terminado compartiendo la cama no alteraba nada. Terminaría con el corazón roto, y nada de lo que hiciera o dijera lo cambiaría.

—Debo estar haciéndome viejo —dijo él.

Fleur levantó la cabeza y contempló su hermosa figura masculina. No pudo evitar la ola de emoción cada vez más intensa. Su incapacidad para expresar los sentimientos que luchaban por liberarse le humedecieron los ojos.

Tenía que controlarse, especialmente en ese momento.

—Creo que aún tienes mucha vida por delante —dijo ella con una escueta risa.

Salió de sus brazos con el ceño fruncido.

—¿Estás bien?

—Sí. ¿Por qué lo preguntas? —dijo ella, tratando de sonreír con alegría. Se dijo que estaba poniéndose paranoica, que no podía saberlo.

—No lo sé. Has estado un poco tensa los últimos días. Necesitas unas vacaciones.

—Tener la posibilidad estaría bien.

—Es gracioso que lo digas. Le he sugerido a Tamara… —Antonio hizo una pausa, y Fleur esperó, sin comprender, a que continuara.

—Esperaba un aplauso o al menos alguna palabra de elogio —admitió él, con aspecto cómicamente alicaído.

—¿Por qué? ¿Qué has hecho?

–Le he *sugerido*, no le he ordenado. No le he puesto ningún ultimátum. ¿Te das cuenta de la influencia moderadora que estás siendo para mí?

Incapaz de resistirse a su implacable encanto, le sonrió.

–Felicidades.

–Me estás reformando.

–Quien nace lobo, es lobo siempre –replicó ella–. ¿Y qué le has sugerido?

–Le he sugerido que venga conmigo a Andalucía en las vacaciones del colegio. Para que conozca a su familia y las tierras y eso.

–¿Y ha aceptado?

Antonio asintió.

–Me alegro mucho por ti, Antonio –dijo Fleur cariñosamente. Sabía lo mucho que significaba para él, lo mucho que quería que funcionara su relación con su hija y lo mucho que se estaba esforzando.

–Es un buen comienzo, y tenías razón. Era mejor no presionarla. Puede que un día sea capaz de llamarme papá.

Fleur giró la cabeza para ocultar las lágrimas que afloraron a sus ojos. Dudaba mucho que se hubiera dado cuenta del anhelo con que lo había dicho.

–¿Qué me dices? ¿Te apetece pasar una o dos semanas en España?

–¿*Yo*?

–¿Con quién más estoy hablando? Sí, tú. Es allí donde vivo.

–Lo sé.

–No pareces demasiado alegre con la idea. Tus vacaciones en el instituto coinciden con las de Tamara, ¿no es así?

–Sí.

–Entonces vendrás –afirmó.

–Me encantaría, pero he hecho otros planes.

Antonio notó que evitaba mirarlo. No era necesario un detector de mentiras para saber cuándo Fleur estaba mintiendo. Apretó la mandíbula. Eso no era lo que había planeado.

–¿Qué otros planes?

–Bueno, en realidad, no tengo ningún plan. Lo cierto...

–Lo cierto es que me has mentido.

Fleur percibió el enojo en la voz de Antonio e hizo una mueca. Levantó los ojos hacia él y leyó la sospecha en los suyos. No tenía control sobre el traicionero rubor que le atacaba las mejillas. Mordiéndose el labio, trató de tranquilizarse cuando en realidad parecía culpable de algo. ¡Y de lo único que era culpable era de amarlo con toda su alma!

–La idea de visitar mi hogar y pasar un tiempo conmigo te parece tan aborrecible que has sentido la necesidad de mentir.

–No seas estúpido. Paso todos los días contigo.

Y nadie había hecho pregunta alguna. Ella no podía comprenderlo. ¿Era ella la única que pensaba que la situación era extraordinaria?

Las cosas habrían sido distintas si Tamara hubiera reaccionado mal. Pero cuando ésta los pilló besándose apasionadamente el primer fin de semana que pasó en casa después de la vuela al colegio, la joven no sólo lo había aceptado, sino que había mostrado su tácita aprobación.

–Estoy empezando a creer que he sido muy estúpido –dijo, por atribuir la reticencia de ella a admitir sus sentimientos como una precaución natural después de una dolorosa ruptura. Preocupado por si la asustaba, se había contenido a duras penas para no confesarle sus verdaderos sentimientos.

Tal vez no hubiera sentimientos con los que tomar precauciones. ¿Habría visto sólo lo que quería ver? No sería la primera vez, claro que en esta ocasión, no podría echarle la culpa a su ignorancia de adolescente.

–No he mentido, exactamente –protestó ella, confusa por la repentina hostilidad.

–¿No? –Antonio enarcó una irónica ceja.

–Está bien. Si quieres ser pedante, te mentí porque… creo que este viaje deberíais hacerlo Tamara y tú solos. ¿Cómo se sentirá si llevas con vosotros a tu…?

–¿Novia? Hablas como si Tamara te odiara, cuando es todo lo contrario –la acusó.

–No soy tu novia.

–¿No? ¿Qué eres entonces? ¿Mi querida… mi amante…?

–¡Por Dios! –espetó–. No sé por qué te pones así.

–Querida, amante, concubina –entonó él.

–Esto es un arreglo satisfactorio, Antonio. No necesitas que...

–¿*Satisfactorio?* –tronó, levantando las manos–. ¡Es insoportable! Mi hija me llama por mi nombre de pila…

–Tú le dijiste que lo hiciera.

Con los ojos entornados, ignoró su protesta con un gesto de la mano.

–Y ahora la mujer que comparte mi cama me dice que todo es un arreglo satisfactorio… ¿qué se supone que tengo que pensar?

Consternada por lo rápido que las cosas se habían deteriorado, estuvo a punto de tranquilizarlo diciéndole la verdad. Pero no podía, no porque no supiera cómo iba a reaccionar. Sino porque sabía *exactamente* cómo lo haría. En ese momento, no se creía con la fuerza moral suficiente para negarse cuando le pidiera que se casara con él. Miró hacia abajo mientras se llevaba a mano al vientre. Antonio se había perdido la niñez de su hija. No querría que se repitiera. Sabía que Antonio haría lo que fuera para evitarlo, incluso casarse con una mujer que no amaba. Y ella no podría soportarlo.

–Nada…

–¿Crees que no sé que me estás ocultando algo?

–Por Dios bendito –dijo ella, refugiándose en la furia–. Le estás dando la vuelta a todo lo que digo. Y no tengo ni idea de por qué estás montando todo esto. Simplemente no creo que sea buena idea ir contigo a España. Tienes que pasar un tiempo a solas con Tamara.

–No puedo pasar tiempo con ella cuando duerme.

–¿Entonces quieres que te acompañe para entretenerte por las noches? Muchas gracias. Eso me hace sentir muy especial.

–¿Qué otra razón tendría para llevarte? ¿El placer de tu encantadora compañía? –sugirió irónicamente.

–Como estará oscuro, te dará igual que esté. Estoy segura de que no tendrás problemas en cubrir la vacante –dijo ella con amargura.

–¿Crees que no te reconocería en la oscuridad? –le levantó la barbilla para que lo mirara–. Y no quiero a otra mujer en mi cama. Te quiero a ti.

–Y yo quiero estar ahí –dijo ella, dejando escapar un suspiro que le sacudió el cuerpo entero.

–Entonces todo arreglado. Creo que no habrá problema en salir el viernes si...

–Te acabo de decir que no voy a ir.

–También me has dicho, y debo decirte que has sido muy convincente, que quieres estar en mi cama.

–Lo que no significa que vaya a hacer todo lo que dices. No dejaré que me manipules ni me des órdenes.

–¿Por qué quieres discutir? –dijo él, entornando los ojos azules. Se detuvo, y lanzó una maldición al oír el zumbido del móvil. Mirándola con recelo, lo abrió y contestó–. Tengo que irme.

–Ahora que lo estábamos pasando tan bien –dijo ella con cinismo.

–Continuaremos con esta conversación más tarde.

–Suponiendo que esté aquí –dijo ella cuando él ya salía por la puerta.

Cuando la puerta se cerró, se tiró en la cama y empezó a golpear las almohadas de pura frustración. Pero tras unos segundos, se levantó y corrió a la puerta. Cuando llegó al patio de la entrada, Antonio estaba a punto de meterse en el coche. La vio, pero no se detuvo.

Gritando su nombre, Fleur echó a correr por el camino de grava, ajena al dolor que le causaba en los pies descalzos. Lo alcanzó, jadeante, cuando se sentaba en su asiento.

–Estaré aquí –dijo con cierto tono urgente–. No lo decía en serio… –se detuvo porque estaba llorando a lágrima viva, unos sollozos inoportunos que convulsionaban todo su cuerpo.

Alarmado, Antonio salió del coche y la tomó por los hombros.

–Querida… no llores. Puedo soportar cualquier cosa. Grita, chilla –sugirió, limpiándole con ternura las mejillas.

–Lo-lo siento, no he dormido muy bien…

–Yo tampoco, por si no lo recuerdas –dijo él, tomándola en brazos como si no pesara nada.

–No es necesario…

Antonio utilizó el método que mejor funcionaba para hacerla callar cuando decía tonterías. La besó. A continuación la llevó hasta el vestíbulo y miró, preocupado, su tez pálida.

–De verdad tengo que irme –admitió con profunda frustración–, pero esta noche, hablaremos.

Capítulo 14

DEBERÍAMOS hacer esto más a menudo. Echo de menos nuestras charlas –dijo Fleur, apartando el plato.

–Creía que el aire de campo abría el apetito. No has hecho más que apartar la comida –dijo Jane, pinchando un trozo de tierno cordero.

–No tengo mucha hambre.

–Bueno, también dicen que el amor afecta al apetito –observó maliciosamente.

–No seas estúpida –dijo la otra, ciertamente irritada–. ¿Crees que ya has comprado todo lo que necesitas? –preguntó, mirando el montón de bolsas que había en la silla de al lado de Jane.

–Deberías venir conmigo. Ese traje que llevas no es de esta temporada, cariño. Confía en mí, me muevo en los círculos más elegantes.

La exagerada inflexión de su voz hizo reír a Fleur.

–Y veo que siguen gustándote los hombres –dijo Jane con una voz muy distinta–. ¿Sabes? He tratado de buscar una palabra que defina tu estado, y me acabo de dar cuenta de que pareces tremendamente turbada. Y dime, ¿quién es el culpable de tus ojeras estilo gótico?

–¿Sabes? Creo que las vacaciones no son moco de pavo después de la fortuna que te has gastado en accesorios de esquí.

–¿Así es que te has mudado a su casa? –respondió

Jane, y Fleur tuvo que aceptar que su no muy sutil intento de cambiar de conversación había sido un fracaso.

–¿Mudarme?

–¿Cuándo me vas a invitar? Estoy ansiosa por ver a ese tío bueno español tuyo. ¿Es tan guapo en persona como en las fotos?

«Mejor. Mucho, mucho mejor».

–Por supuesto que no me he mudado. Ya te he dicho que es un arreglo temporal mientras terminan de reconstruir mi casa. Le estoy muy agradecida, pero no está en casa en todo el día –dijo, pensando que todo ese tiempo que no estaba era angustioso.

–Ocho semanas no es algo temporal.

–No me he mudado –repitió Fleur, intentando mantener en control delante de su escéptica amiga.

Seguía teniendo su propia habitación, aunque no la ocupara muy a menudo. Su insistencia de mantener las apariencias le había resultado graciosa a Antonio al principio, aunque después había empezado a impacientarse.

–Entonces no estás viviendo con él, sólo vives en su casa y duermes con él, y por favor, por favor, no trates de negarlo. Puedo leer tus pensamientos como si fueras un libro –observó a su amiga con gesto engreído mientras Fleur se sonrojaba–. ¿Qué no me estás contando… a tu mejor amiga?

–No hay nada que contar.

–¡Vivir con uno de los solteros más deseados y ricos de Europa está muy lejos de ser nada! –exclamó la pelirroja–. Ya sé que fui yo quien te dijo que debías volver a la pista, pero quería decir que empezaras por las pistas de principiantes, no que te lanzaras fuera de pista de una montaña en tu primera salida. ¡Antonio Rochas! ¿En qué estabas pensando, Fleur?

–¿Podrías hablar más alto, Jane? Creo que hay una pareja en la mesa de al lado que no te ha oído. Escucha, no es para tanto. Es algo sin importancia –dijo ella, y ya se estaba felicitando por la indiferencia que mostraba cuando su amiga dijo:

–Oh, Dios mío, te has enamorado de él, ¿verdad?

Fleur sintió que se sonrojaba, una mancha incriminatoria.

–No… no, claro que no.

–Sí, te has enamorado. ¡Fleur! –gimoteó a modo de reproche.

–¿Y qué si es así? –preguntó ella en tono beligerante–. No digo que sea así –se apresuró a añadir al oír el gemido de su amiga–. Pero si lo hubiera hecho, no sería ningún delito.

–Debería –dijo su amiga con todo el alma. Miraba a Fleur con verdadera ansiedad en sus ojos azules de porcelana–. ¿Cuándo aprenderás a disfrutar de las aventuras pasajeras, Fleur?

–¿Por qué siempre tienes que enamorarte?

–No lo hago. No amaba a Adam. Solamente me hice vaga. No podía actuar, sabía que tenía que tomar una decisión y me avergonzaba admitir que él era la salida más fácil. Antonio es diferente.

–Desearía que lo fuera, tesoro, pero…

–No… no empieces a hablar mal de él, Jane. Sé lo que parece pero, bajo la superficie, es una persona muy vulnerable.

Jane escuchaba la defensa por parte de su amiga, y gimió horrorizada.

–Oh, Dios mío, Fleur, te romperá el corazón, ¿lo sabes, verdad?

¡Claro que lo sabía! El único problema era que, por mucho que lo había intentado, no era capaz de pensar en ello.

–Ya me ocuparé de eso cuando ocurra. Por ahora voy a disfrutar del presente –dijo Fleur con ímpetu.

–¿Y puedes vivir con ello?

–No me queda opción, Jane –admitió–. Además, voy a mudarme.

–¿Cuándo?

–Ahora.

Jane la miró mientras se ponía de pie.

–¿Qué vas a hacer?

–Voy a hacer lo mejor para todos. Me iré de su casa antes de que vuelva. Es la única manera –se dijo casi para sí misma.

–Si te rompe el corazón, lo mataré –dijo Jane entre dientes.

–Preferiría que no mataras al padre de mi hijo.

Capítulo 15

LAS RUEDAS del Jaguar levantaron una nube de gravilla antes de detenerse delante de la puerta de entrada. Antonio salió cerrando la puerta de golpe, pero no entró de inmediato. No se fiaba de lo que pudiera hacer. Permaneció en pie, los puños apretados a ambos lados, respirando con dificultad, mientras trataba de contener la furia que amenazaba con consumirlo.

Ella le había dicho que estaría allí y ahora resultaba que estaba haciendo las maletas.

En el vestíbulo, Tamara, que obviamente estaba esperándolo, se levantó de un salto del último escalón donde estaba sentada, haciéndole gestos hacia el teléfono cuando lo vio.

—¡Pensé que no llegarías nunca!

—¿Se ha ido ya? —preguntó, aunque le daba igual; allá donde fuera, él iría tras ella.

—No, aún no, pero lo hará a menos que hagas algo. No puedes dejar que se vaya. Su sitio está aquí.

Antonio, que ya se dirigía hacia las escaleras, dirigió a su hija una sonrisa tensa.

—No temas, no se irá a ninguna parte —prometió con gesto adusto.

—El teléfono. Tienes que atender esta llamada —Tamara le hizo un gesto—. Esa mujer dice que no colgará. Lleva esperando veinte minutos.

—Cuelga —dijo Antonio, enfrentándose mentalmente ya con Fleur.

–Dice que si cuelgo, le dirá a todos los periódicos del país, lo siento, pero son sus palabras, que eres un cabrón, y después vendrá y...

–Esa mujer está loca –dijo él con impaciencia.

–Lo sé, pero esa lunática dice que es la mejor amiga de Fleur.

Antonio se detuvo entonces y tendió la mano hacia el teléfono.

–Haz que Fleur se quede con nosotros, papá. Su sitio está aquí –le dijo Tamara al oído antes de que contestara al teléfono.

Mientras se recobraba de la sorpresa al oír que su hija lo había llamado papá por primera vez, su rostro dibujó lentamente una sonrisa y se llevó el teléfono al oído.

–Hola, amiga de Fleur, soy Antonio Rochas. No puedo hablar ahora. Voy a pedir a Fleur, la mujer a la que amo, que se case conmigo.

Y diciendo esto, le pasó el teléfono a Tamara, que le hizo una señal de ánimo con ambos pulgares hacia arriba.

Antonio se detuvo en la puerta de la habitación en un intento por relajarse, un ejercicio que habitualmente no le costaba trabajo pero que en ese momento le estaba resultando más difícil.

Toda la calma que hubiera podido reunir se desvaneció al entrar en la habitación. El deseo más salvaje invadió su mente.

Estaba inclinada sobre la cama, vestida con unos vaqueros ceñidos y una camiseta. Parecía pensativa mientras se retiraba el pelo del cuello y hacía rotar los hombros.

Fleur percibió el silencio de Antonio antes que éste

hablara. Tan en sintonía estaba con él, que podría localizarlo entre cien hombres de piel dorada, pelo oscuro y cuerpo escultural, ¡suponiendo que hubiera tantos como él!

—¿Qué haces?

Fleur no podía evitarlo. Adoraba aquella voz. Y al dueño de la voz… La idea de no oírlo al despertar cada mañana hacía del futuro un lugar inhóspito.

Pero no quedaba más remedio. Fleur sabía que, a corto plazo, lo mejor habría sido casarse con él, pero a la larga, sabía que estaba haciendo lo mejor. Si no podía tener su amor, ¿de qué servía casarse?

Le temblaban las manos. Se preguntó si él se habría dado cuenta. Pero claro que se habría dado cuenta. Se daba cuenta de todo, lo cual hacía aún más sorprendente que no se hubiera percatado de lo perdidamente enamorada que estaba de él.

—No me has respondido, querida.

Fleur se giró hacia él, la palidez de su rostro acentuada por las espirales de color de sus mejillas. Allí de pie, tan guapo y deseable en su estilo de ángel caído, le producía una sensación de vértigo. Se humedeció los labios resecos y tragó el nudo.

—El equipaje, Antonio.

Antonio se cruzó de brazos en un gesto tranquilo, aunque su expresión no decía lo mismo. Fleur casi podía sentir el fuego abrasador que ardía en sus ojos mientras las observaban con deseo.

—¿Y por qué estás haciendo el equipaje, querida?

—Por lo mismo que la mayoría de la gente. Vuelvo a casa, Antonio —aunque ya no le parecía su casa.

—No habrías estado aquí a mi llegada esta noche. Me dijiste que estarías aquí cuando regresara. Te creí.

Fleur intentó mantener el control, aunque notaba que toda su calma goteaba como un colador.

–He cambiado de idea. Las obras han terminado ya.

–Y decidiste que lo mejor era huir de Antonio porque te resultaría divertido verlo llegar a casa y descubrir que te habías marchado.

–Créeme, no me estoy divirtiendo –inspiró profundamente–. Esto sólo era un apaño temporal. Mi casa está arreglada –dijo con una sonrisa débil al pensar que era una lástima que no pudieran arreglar su corazón roto–. Nunca fue mi intención…

–¿Qué?

«Enamorarme de ti», quería decirle.

–Quedarme tanto tiempo –dijo ella, apartando la vista de él mientras tamborileaba unos dedos contra otros–. Y aún podemos seguir viéndonos… si quieres. Pero necesito mi propio espacio.

–No es cierto.

Le costaba un triunfo luchar contra su sólida arrogancia, pero trató de mostrarse divertida.

–¿Ahora sabes lo que necesito?

–Me lo has dejado claro muchas veces. Me necesitas a mí, Fleur. ¿Lo has olvidado? ¿Quieres que te lo recuerde? –tentó seductoramente.

–Eso es algo muy arrogante, incluso para ti. No puedes tomarte en serio lo que se dice en… –bajó la vista y no la levantó cuando notó que se acercaba a ella, no reaccionó cuando se detuvo tan cerca que podía sentir el calor que emanaba de su cuerpo varonil.

–¿En la cama? No siempre estábamos en la cama –dijo con una voz opaca cargada de sensualidad.

El recordatorio despertó las imágenes con tanta nitidez como si las estuviera viendo. Las aletas de su nariz se abrieron; Fleur casi podía oler el aroma ácido del sexo con él.

–Mi deseo de hacerte el amor no se ha limitado nunca al dormitorio ni a las horas de oscuridad.

—Nunca dije que te faltara imaginación sexualmente.

—Nunca encontrarás en otro hombre lo que nosotros tenemos. Y lo sabes.

Lo sabía. La presión aumentaba con cada palabra de seducción y más temblaban sus débiles extremidades.

—¿Podrás soportar que no vuelva a tocarte… así?

Extendió una mano y le acarició la mejilla. Con las pupilas dilatadas, Fleur se quedó mirándolo.

—Nunca dejaré de desearte.

Él la miró, triunfal.

—Pero esto no se trata de deseo. No siempre podemos tener lo que queremos —añadió con tristeza.

—Es una actitud fatalista, ¿no crees?

—Soy realista.

—Te envidio. Yo, soy un romántico empedernido.

—¡*Tú!*

—Todos tenemos secretos. Ahora sabes el mío… al menos, uno de ellos. ¿Qué te parece si me devuelves el cumplido y me dices por qué te vas?

Fleur retrocedió sacudiendo la cabeza, la mano en los labios temblorosos.

—No puedo. Puedes persuadirme para que haga muchas cosas, pero esto no. *Tengo* que irme. Además, ¿qué estás haciendo aquí? Se suponía que estarías en Londres hasta esta noche.

—Y para entonces ya te habrías ido. Siento mucho haberte estropeado los planes, querida.

—No me has dicho qué te ha hecho cambiar de opinión —le dolía la ironía de sus palabras—. Tamara te llamó, ¿verdad? Me dijo que no lo haría.

—No tenías que haber llegado a ese extremo si querías irte. Yo mismo te habría ayudado a hacer las maletas si me lo hubieras pedido.

—¿De veras?

–Por supuesto. Si me hubieras dicho que ya no querías compartir mi cama, que no me querías.

–¡Nunca te he dicho que te quisiera! –se quejó débilmente.

–No, pero has tenido que morderte la lengua muchas veces, ¿no es cierto, querida?

Fleur se sintió mortificada. Si no salía corriendo de allí era por mantener las últimas trazas de orgullo que le quedaban intactas. Pero sabía que no podía seguir alargando lo inevitable.

–Tengo que hacer la maleta. No es necesario que me lleves. Jane vendrá a buscarme...

–¿La misma Jane que dice que soy un cabrón?

–¿De qué hablas?

–Ha llamado.

–Tiene mi móvil.

–Me ha llamado a mí, no a ti. Al parecer tenía mucho que contarme.

–¿Qué podría tener que decirte?

–¿Aparte de que soy un cabrón? En realidad, yo...

–¡Dios mío!

¡Jane se lo había contado! Se preguntaba si le habría dicho lo del bebé o no se habría detenido hasta contarle sus verdaderos hacia él. Fleur sintió que el mundo se derrumbaba a su alrededor y tomó lo que tenía más a mano. La maleta cayó, y el contenido se desparramó por el suelo.

Alarmado, Antonio la tomó por el brazo y la levantó. Ésta dejó caer las prendas que tenía en las manos cuando él la hizo girar y mirarlo.

–Entonces ahora sabes lo del bebé.

Antonio se puso rígido.

–Jane... no tenía ningún derecho, ninguno, a decírtelo. ¿Por qué siempre tiene que meterse en lo que no le incumbe?

–¿*Bebé*…? –tragó con dificultad mientras se pasaba la mano por la mandíbula–. Estás embarazada.

–Dios, no lo sabías, ¿verdad? –Fleur sacudió la cabeza, atónita–. Jane no te había dicho nada.

–No tuvo oportunidad. Le colgué el teléfono. Llevas a mi hijo dentro de ti. Supongo que hay una buena razón para no habérmelo dicho.

–Iba a decírtelo. Antonio, sé lo que parece… pero, de verdad, es lo mejor.

–¿Y tú decides qué es lo mejor?

–Por favor, Antonio.

–Por favor, Antonio –imitó–. Por favor, Antonio, ¿*qué*? ¿*Que te deje ir*? –dejó escapar una carcajada, pero no había alegría en los ojos ardientes–. Eso no va a ocurrir, Fleur. Estás embarazada de mí.

–Sabía que reaccionarías así –sollozó miserablemente–. Por eso no quería estar aquí cuando… Habría sido mucho mejor que ya estuviera en mi casa –aunque lo cierto era que acababa de darse cuenta de que, por estar en su casa, rodeada de sus cosas, pasar por aquello no iba a ser más fácil.

–Mira, no tiene sentido nada de lo que dices. Será mejor que te sientes antes de que te caigas, y empieza por el principio. ¿Estás enfadada conmigo por el bebé? Comprendo que quedarte embarazada te traerá recuerdos...

–No, no, no –se apresuró a decir.

–Lo haremos juntos, Fleur. No tienes que estar sola.

Parecía tan sincero y sus palabras tan cálidas, que tuvo que tragarse un sollozo.

–Sé que no lo estaré. Y no hay razón para que este embarazo vaya mal, o eso es lo que me ha dicho el médico –se rió suavemente, aunque estaba claro que no se relajaría hasta que diera a luz.

Antonio pensó que él estaría allí, con ella.

–Me sorprendió mucho darme cuenta de que quería a *tu* bebé, pero no para que reemplazara al que perdí, sino sólo a este bebé, él o ella –añadió al tiempo que se dejaba caer en la cama.

–Yo también quiero a este bebé.

–No tienes que decirlo, Antonio. De hecho, preferiría que no lo hicieras –dijo ella, bajando la cabeza hasta el pecho, y Antonio le puso un dedo en la barbilla y la obligó a levantarla.

–¿Por qué no puedo expresar mis sentimientos?

–No es necesario que finjas.

–¡Dios! ¿Por qué no puedes creerme? –estaba totalmente frustrado–. Hablo totalmente en serio cuando te digo que quiero que seas mi esposa. No era así como tenía planeado decírtelo, pero… –y estaba a punto de ponerse de rodillas para pedírselo cuando se detuvo al ver el sollozo de Fleur.

–¿Ocurre algo malo?

–*¡Todo esto está mal!*

–¿Podrías ser un poco más clara?

Fleur se sorbió la nariz y se frotó la cara húmeda.

–Es muy dulce por tu parte fingir que tenías la intención de pedírmelo antes de que lo dijera. Te lo agradezco, pero si me lo pides, te advierto que es muy probable que acepte.

–¿Y eso sería malo?

–No podría ser feliz con alguien que no me ama.

–¿Eso es todo? –dijo él, riéndose–. Pues déjame decirte...

–¡No! –exclamó ella, poniéndole los dedos en los labios–. ¡No lo digas! No podría soportarlo. ¿Crees que no sé que en otras circunstancias no me pedirías que me casara contigo? –preguntó ella desconsolada.

Antonio se quitó la mano de Fleur de los labios, pero no la soltó. En su lugar, la acercó a su pecho.

Fleur cerró los ojos. Notaba el latido de su corazón.

—Sabía que pasaría esto.

—Al menos tú sabes lo que está ocurriendo. En ese me llevas ventaja —dijo él, soltándole la mano.

Con los ojos borrosos por las lágrimas, Fleur abrió los ojos y lo vio alejarse hasta el extremo opuesto de la habitación.

—¿Tan aborrecible te parece la idea de casarte conmigo?

—Sabes que no es así. Pero sólo te casas conmigo porque estoy embarazada.

Antonio se puso una mano en la frente y dejó escapar un gruñido de frustración.

—¡No puedo creer que esté pasando esto!

—Lo sé, yo tampoco sé cómo ha ocurrido —dijo ella, mirándose los pies—. Siempre has sido muy cuidadoso. Pero ha ocurrido. Es obvio que con tu reputación... bueno, querer hacer esto... lo convencional... lo esperaba de ti. Pero tienes que comprender que este embarazo no es como el anterior.

—No, no lo es.

Fleur levantó la vista. Estudió el rostro de Antonio con cierta aprensión, tratando de calibrar su reacción. Parecía casi entero, excepto por el febril brillo en sus ojos.

—Es obvio que este niño sabrá desde el principio que eres su padre. Quiero dejarlo claro.

—¿Y?

Fleur inspiró profundamente.

—Es obvio que no me amas como a la madre de Tamara —dijo, reuniendo todo el valor que fue capaz. Y ahí estaba la diferencia—. ¿Crees que no sé cómo te sientes por no haberla visto crecer? A veces te pillo mirándola, y veo... ¿Crees que no veo el dolor y la sensación de pérdida en tus ojos todos los días? Sé que harías lo que fuera para evitar que volviera a ocurrir… incluso casarte conmigo.

Antonio echó a andar hacia ella con un ritmo explosivo. Emanaba una masculinidad desmedida por todos los poros de su maravillosa piel. Se detuvo a escasos centímetros de la cama.

–¡Santo Dios! ¿Qué te hace pensar que estaba enamorado de Miranda?

–No soy estúpida, Antonio –aunque enamorarse de un hombre que nunca podría devolverle el mismo amor no la convertía en la más lista de la clase.

–Creo que necesito que me lo expliques.

–Oí a Tamara preguntarte aquella noche en el hospital. Y te oí decir...

–Sé lo que dije –la interrumpió–. Piensa en ello, Fleur. ¿Qué más podía decirle a mi hija? ¿Que su madre era una bruja avariciosa y manipuladora?

Fleur se quedó lívida de estupor.

–¿De qué hablas?

–Te hablo de que Miranda era una depredadora sexual sin escrúpulos –dijo él con desprecio.

–¡Pero tú la amabas!

De pronto, se sintió incapaz de seguir especulando. La cabeza le daba vueltas. No sabía qué pensar.

–Imagino que la amaba, sí, pero tenía diecinueve años. Y a esa edad no se puede decir que un chaval discrimine entre las mujeres.

–¿Diecinueve?

Antonio enarcó una ceja irónica al ver la sorpresa en el rostro de Fleur.

–Y yo que pensaba que me conservaba bien para tener treinta y tres años. Pensaba que habrías hecho los cálculos, querida –bromeó él con ternura.

–Sabía que eras joven, pero no me había dado cuenta de cuánto hasta ahora. ¿Su familia se opuso?

–*¿Oponerse…?* Madre mía, nunca dejará de asombrarme la manera que tienes de pensar. Te estabas imaginando el amor de unos jóvenes en contra del destino, ¿verdad? Nada más lejos de la verdad. Miranda Stiller tenía treinta años cuando la conocí. No necesitaba el consentimiento de sus padres.

–Treinta… pero yo supuse que…

Antonio se sentó en la cama y le levantó la barbilla. Buscó su inquieta mirada y la sostuvo.

–Supones demasiadas cosas. Y casi siempre te equivocas.

–Una tiene que suponer muchas cosas si no le cuentan las cosas voluntariamente.

–Que no te cuento… No tienes ni idea, ¿verdad?

–¿Ni idea de qué? –preguntó ella, al verlo sacudir la cabeza.

–Ni idea de lo que es mirarte y sentir la desgarradora necesidad de desnudar mi alma –el tono cargado de emoción reverberó en su rostro–. Te he revelado más cosas de mí mismo en dos meses que a cualquier mujer… en toda mi vida. Y ahora, deja que te revele algo más.

–Pero...

–Nada de peros. Hace catorce años, pasé las vacaciones de la universidad trabajando en uno de los hoteles de mi padre como camarero. Mi padre creía que para llevar el negocio, tenías que conocerlo por dentro y por fuera. También pensó que llevar maletas y servir mesas haría disminuir mi arrogancia.

–No funcionó –dijo ella débilmente.

Los labios de Antonio temblaron un poco en un deseo de sonreír ante la pulla, pero continuó.

–La madre de Tamara se hospedaba en el hotel en el que yo trabajaba. Miranda era muy hermosa.

Fleur sintió un pinchazo de celos al pensar que

desde entonces había estado comparando a todas las mujeres con aquélla.

–No se parecía a ninguna de las chicas que conocía. Era el prototipo del glamour para mí. Me invitó a subir a su habitación la primera noche. Me sedujo, aunque no es que quiera decir que era un inocente para entonces ni que no deseara dejarme seducir. Para la mayoría de los adolescentes, tener una aventura con una mujer experimentada es toda una fantasía.

–No quiero más detalles. Estoy segura de que tendríais vuestras razones para no estar juntos.

–¿Qué demonios te hace pensar que estábamos *juntos*?

–Por favor, Antonio… –parpadeó para apartar las lágrimas que afloraban a sus ojos.

Antonio se acercó y la besó. Si lo hubiera hecho para dominarla, se habría resistido. Pero lo que había en aquel beso largo y tierno era completamente irresistible. Antonio le acarició las mejillas y apoyó la nariz en la suya.

–Vas a escucharme, querida. No, por favor, no digas nada –dijo, poniéndole un dedo en los labios.

–Tuve una aventura con Miranda. No le mentí por completo a Tamara. Creí estar enamorado de su madre. Tenía diecinueve años y las hormonas estallaban dentro de mí. Y, aunque no lo creas, era un romántico incurable. No te voy a ocultar que aquella experiencia me marcó. Con los años me he convertido en un hombre cínico y distante, no porque tuviera el corazón herido –tomó una mano de Fleur y la posó en su pecho–, sino porque tenía el orgullo herido. Nunca me había costado mantener la distancia con una mujer. Según mi hermana, con quien creo que tendrás mucho en común, mis relaciones son una serie de líos de una noche que duran un poco más.

La sonrisa brillaba en sus preciosos ojos cuando la miró.

—Y entonces te conocí, mi reticente amante. Desde el momento en que te vi no pude apartarte de mi cabeza y de mi corazón —le dio un apretón cargado de significado a la mano que Fleur tenía sobre su pecho.

Fleur miró sus dedos y a continuación su rostro; un gran suspiro de alivio le sacudió el cuerpo. No se atrevía a pensar que fuera verdad lo que estaba oyendo.

—Pero yo pensé… —un nudo le obstruyó la garganta, impidiéndole hablar.

—Hazme un favor. No pienses.

—¿Me permites que te diga algo que *sé* con seguridad? —dijo con una trémula sonrisa.

Antonio la miraba con seriedad y no poca cautela, pero asintió.

—Sé que te amor, Antonio. Te amo tanto que la idea de no estar contigo me hace sentir… *vacía*. Pero supongo que estoy diciendo las mismas tonterías de siempre.

—Al contrario, ahora tienes toda la razón, porque es lo mismo que siento yo. Te amor, Fleur Stewart. Creo que te amé en el mismo instante que te vi en el bosque. Tenía la intención de pedirte que te casaras conmigo en el viaje a España, por eso reaccioné así cuando me dijiste que no vendrías.

—Pero aún no sabías lo del bebé.

Suspirando exasperadamente, le puso una mano en el pecho y la empujó sobre la cama. Después se tumbó junto a ella y se apoyó en un codo.

—¿Has oído lo que te he dicho?

—Sí, pero…

Sus expresivos ojos estaban llenándose de luz nuevamente, y Antonio decidió que era momento de atacar.

–Nada de peros. Estamos de acuerdo en que te amo, querida mía, y que tú me amas.

–Sí, tanto que me duele –dijo ella con una radiante sonrisa de felicidad.

–Y yo tengo serias dudas de poder funcionar adecuadamente si no me levanto cada mañana a tu lado. Y aunque me encanta la idea de que vayamos a tener un hijo, hace un momento no lo sabía.

Finalmente, Fleur sucumbió a la inmensa felicidad que había estado conteniendo.

–Antonio, sentí que había vuelto al pasado. No quería estar atrapada en un matrimonio sin amor y que acabaras odiándome.

–¿Odiarte, esposa mía? –sacudió la cabeza a modo de reproche–. Eso no es posible, aunque a veces quiera retorcerte el cuello con mis manos… –demostró el acto distraídamente–. Este cuello maravilloso. Ni siquiera cuando me vuelves loco podría dejar de amarte más que a mi vida.

Oírle declararle su amor de una manera tan simple la conmovió hasta el punto de dejarla sin palabras. Cuando por fin pudo hablar, su voz sonó temblorosa por la emoción.

–No puedo creer que de verdad me quieras… que me ames.

–Entonces será mejor que te lo demuestre –dijo, quitándole la camiseta.

–Tienes todo el tiempo del mundo para hacerlo… el resto de nuestras vidas –dijo ella, sonriendo, decidida a disfrutar de cada minuto.

–Cierto, querida, pero ahora siento que me urge… enseñártelo.

Fleur respondió con un sonido gutural y una seductora sonrisa que le arrancó un gemido salvaje.

–Me matas –protestó Antonio.

–¿Es posible matar a alguien de amor? –preguntó ella con gesto inocente.

–No tengo ni idea –dijo él con una amplia sonrisa–, pero estoy deseando averiguarlo. Siempre que seas tú quien me dé su amor.

–Lo haré siempre –dijo ella, dejando escapar un suspiro de pura y absoluta felicidad.

Bianca®

Estaba a las órdenes de su jefe italiano...

El implacable abogado italiano Dante Costello contrató a Matilda para que creara un jardín mágico con la esperanza de que eso ayudara a solucionar los problemas de su hija.

Muy pronto surgió entre ellos una intensa atracción y Dante decidió ofrecerle a Matilda que se convirtiera en su amante, pero nada más. Desde hacía ya mucho tiempo se mantenía alejado de las relaciones serias para proteger a su hija, pero resultó que sus necesidades eran mucho mayores de lo que había imaginado. Lo que había creído deseo resultó ser algo mucho más fuerte... algo que no podía negar.

Flores del corazón

Carol Marinelli

Acepte 2 de nuestras mejores novelas de amor GRATIS

¡Y reciba un regalo sorpresa!

Oferta especial de tiempo limitado

Rellene el cupón y envíelo a
Harlequin Reader Service®
3010 Walden Ave.
P.O. Box 1867
Buffalo, N.Y. 14240-1867

¡Sí! Por favor, envíenme 2 novelas de amor de Harlequin (1 Bianca® y 1 Deseo®) gratis, más el regalo sorpresa. Luego remítanme 4 novelas nuevas todos los meses, las cuales recibiré mucho antes de que aparezcan en librerías, y factúrenme al bajo precio de $3,24 cada una, más $0,25 por envío e impuesto de ventas, si corresponde*. Este es el precio total, y es un ahorro de casi el 20% sobre el precio de portada. !Una oferta excelente! Entiendo que el hecho de aceptar estos libros y el regalo no me obliga en forma alguna a la compra de libros adicionales. Y también que puedo devolver cualquier envío y cancelar en cualquier momento. Aún si decido no comprar ningún otro libro de Harlequin, los 2 libros gratis y el regalo sorpresa son míos para siempre.

416 LBN DU7N

Nombre y apellido	(Por favor, letra de molde)
Dirección	Apartamento No.
Ciudad	Estado	Zona postal

Esta oferta se limita a un pedido por hogar y no está disponible para los subscriptores actuales de Deseo® y Bianca®.
*Los términos y precios quedan sujetos a cambios sin aviso previo.
Impuestos de ventas aplican en N.Y.

SPN-03   ©2003 Harlequin Enterprises Limited

La serenidad de la pasión
Fiona Harper

Si había algo que Serena detestaba eran las citas a ciegas. Había decidido darle la espalda a su inusual educación y deseaba casarse con el hombre perfecto.

Jake era un ejecutivo de éxito, un hombre responsable que había trabajado con ahínco para escapar de sus raíces y vivía de acuerdo a una sola regla: no casarse nunca.

Una mesa iluminada por la luz de las velas, una docena de rosas rojas y una botella de champán... Todo estaba preparado para la perfecta cita a ciegas

Deseo®

Un amor de fantasía

Heather MacAllister

Hayley Parrish creía que su vida sin hombres no podía empeorar más... hasta que su madre decidió que necesitaba un marido. Antes de que empezara a buscarle un hombre, Hayley optó por inventarse un prometido. Fue entonces cuando consiguió la boda de sus sueños y de pronto se dio cuenta de que necesitaba un novio... urgentemente.

Justin Brooks no sabía qué había pasado ni cómo se había convertido de pronto en Sloane Devereaux, el imaginario amado de Hayley. Por supuesto, no le importaba dejarse amar por aquella mujer tan guapa, pero la idea de casarse le aterraba tanto como le tentaba la posibilidad de pasar la noche de bodas con Hayley.

Se busca novio.
No se necesita experiencia